소설 보다: 봄 2025

초판 1쇄 발행   2025년 3월 14일
초판 4쇄 발행   2025년 5월 9일

지은이   강보라 성해나 윤단
펴낸이   이광호
주간   이근혜
편집   허단 최은지 김필균 이주이 윤소진 유하은
마케팅   이가은 허황 최지애 남미리 맹정현
제작   강병석
펴낸곳   ㈜**문학과지성사**
등록번호   제1993-000098호
주소   04034 서울 마포구 잔다리로7길 18(서교동 377-20)
전화   02) 338-7224
팩스   02) 323-4180(편집) 02) 338-7221(영업)
대표메일   moonji@moonji.com
저작권 문의   copyright@moonji.com
홈페이지   www.moonji.com

ⓒ 강보라 성해나 윤단, 2025. Printed in Seoul, Korea

ISBN 978-89-320-4353-1 03810

소설 보다 봄 2025

바우어의 정원 강보라 | 스무드 성해나
남은 여름 윤단

문학과지성사

차례

바우어의 정원

강보라

2021년 『한국일보』 신춘문예를 통해 작품 활동을 시작했다.

눈은 갑자기 그쳤다. 마치 변덕스러운 신이 구름 속으로 손을 뻗어 스위치를 딸깍 내린 것처럼.

은화는 히터를 줄이고 차창을 조금 열었다. 고속도로에 갇혀 있던 차들이 간격을 좁히며 앞으로 나아갔다. 액셀을 밟을 때마다 대시보드 위의 강아지 인형이 까딱까딱 고개를 흔들었다. 차선을 바꾸려 운전대 옆 레버를 조작하자, 깜빡이 대신 애꿎은 와이퍼가 팔을 휘저었다. 아니…… 이게 아닌데. 레버를 다시 조작하자 와이퍼가 한층 요란한 소리를 내며 앞 유리에 얼마 남지 않은 물기를 빠드득 닦아냈다. 몇 번 더 허둥거린 끝에 은화는 간신히 와이퍼를 껐다. 멀리서 들려오는 경적 소리가 자신을 향한 질타처럼 느껴졌다. 오늘로 사흘째였다. 눈이 우르르 퍼부었다가 순식간에 그치고, 또 퍼부었다가 뚝. 방심하게 만들다가 다시…… 작년에도 이랬었나? 은화는 떠올려보았으나 별다르게 기억나는 장면이 없었다. 작년 겨울에는 주로 집에 머물렀다. 오전에는 집안일을 하고 오후에는 기분을 해치지 않는 책이나 클래식 음악을 들으면서. TV에서 아는 얼굴이 나오기만 해도 마음이 복잡해지던 날들이었다. 불안과 초조가 심해의 가오리처럼 의식 밑바닥을 헤집으며 혼탁한 모래바람을 일으켰다. 그 모래바람이 몸에도 좋지 않은 영향을 미치는 것 같아, 은화는 TV는 물론 뉴스나 SNS와도 의식적으

로 거리를 두었다. 정확한 원인은 알기 어렵다고 의사는
말했다.

"……활동을 잠깐 쉬는 건 어때?"

침대에 누운 은화의 이마를 쓰다듬던 무재가 어렵게
입을 열었다. 3년 전, 은화가 그 일로 처음 병원에 입원
했을 때였다.

"아무래도 스트레스 때문인 것 같아서…… 화보 촬영
이다 예능이다 한동안 무리한 것도 사실이고."

은화는 천천히 눈을 감았다 떴다. 그렇게 하면 현실을
받아들일 시간을 조금쯤 벌 수 있다는 듯이. 그러나 새
롭게 밝아진 눈에는 며칠째 병원과 학원을 오가느라 제
대로 깎지 못한 무재의 수염만 도드라질 따름이었다.

결혼한 지 얼마 지나지 않아 무재는 강남의 한 연기
학원에서 시간강사로 일하기 시작했다. 연극영화과나
방송연예과 진학을 희망하는 고등학생들에게 발성, 화
술, 즉흥연기 등 입시에 필요한 기본기를 가르치는 일이
었다. 연기 학원, 특히 입시반 강사 자리는 한번 발을 들
이면 현업으로 돌아가기가 쉽지 않아 배우들 사이에서
'커리어의 무덤'으로 통했다. 가벼운 아르바이트로 시작
한 강사 일이 계약직을 거쳐 정규직이 되고, 저항할 수
없는 삶의 중력으로 작용하리라고는 무재 자신도 예상
치 못했을 터였다. 잠깐일 거라 믿었던 공백이 3년으로

늘어나고, 늦게나마 얻은 명성이 허무하게 사라져가는 동안 은화는 그 점을 잊지 않으려 노력했다. 무재의 고정 수입이 없었다면 자신은 배우로서 일에 온전히 몰두하기 어려웠을 테고, 연극으로 그처럼 큰 상을 받을 수도 없었을 것이며, 그 상을 계기로 출연한 독립영화가 뜻밖의 흥행을 거둬 늦게나마 명성을 얻는 일도 일어나지 않았을 거라고.

본격적으로 속도를 내는 차들 가운데 은화의 민트색 모닝이 서서히 뒤처졌다. 민트색 모닝은 그들 부부가 결혼 후 처음으로 구입한 차였다. 그러니까 두 사람 다 아직 배우로 활동하던 시절에. 얼마 전 전기차를 구입한 무재가 은화의 몫으로 남겨둔 구형 모닝의 뒤편 유리에는 '초보 운전'과 '아이가 타고 있어요' 스티커가 나란히 붙어 있었다.

"요즘은 다들 이렇게 한대." 두번째로 그 일이 일어났을 때, 무재는 그들과 아무 관계 없는 스티커 두 장을 꼼꼼히 유리창에 붙였다. "조심해서 나쁠 거 없으니까." 그가 무구하게 웃었다.

사이드미러를 볼 때마다 스티커 속 방긋 웃는 어린아이 얼굴이 은화의 시야에 걸렸다. 저런 걸 여태 내버려둔 남편의 무신경함에 화가 났지만 이제 와서 떼어내면 자국만 지저분하게 남을 게 분명했다. 은화는 운전대 버튼을 더듬어 라디오를 켰다. 스피커에서 귀에 익은 슈베르트의 현악곡이 흘러나왔다. 지긋지긋한 클래식. 채널을 돌리던 그녀의 손이 여성 디제이의 나긋한 목소리에 멈춰 섰다. *파란색 사물로 사랑을 표현하는 새가 있다는 거 아세요?* 은화는 운전대를 잡은 손을 풀었다가 다시 쥐었다. 오랜만에 하는 운전이어서인지 손의 감각이 어색했다. *호주 동부에 사는 수컷 새틴 바우어 새가 그 주인공인데요. 꽃잎이나 열매, 심지어 플라스틱 병뚜껑까지, 땅에 떨어진 사물 중 파란 것만을 모아 둥지를 꾸미고 암컷을 초대하는 독특한 구애 방식 때문에 '정원사 새'라는 별명이 붙었다고 해요. 새틴 바우어. 이름도 참 예쁘지 않나요?* 은화는 손가락으로 운전대를 톡톡 두드렸다. 어디선가 들어본 적 있는 새였다. 그래, 병원 대기실 책장에 꽂혀 있던 정사각형 판형의 아동용 그림책. 그 책의 맨 첫번째 장에 새틴 바우어가 있었다. 암컷을 유혹하기 위해 자신의 깃털 색과 비슷한 파란 물건을 강박적으로 수집하는…… *저기요, 술 드신 거 아니죠?* 뒤따라오던 여성 운전자가 은화의 차를 추월하며 창문을 내리고 소리쳤다. *위험하니까 졸리면 어디 가서 눈 좀 붙이세요!* 퍼뜩 놀라 중심을 잡는 은화의 등을 후려치듯, 옆 차선에서 쇠 파이프를 실은 화물차가 날카로운 경적을 울리며 지나갔다.

한창 활동하던 시절, 은화는 빗길이나 눈길 운전을 두려워하지 않았다. 반사 신경도 뛰어난 편이어서 신인 때는 그 능력을 인정받아, 움직임의 비중이 높은 신체극에 출연하기도 했다. 정물 같은 삶이었다. 은화는 고개를 가로저었다. 과속방지턱 앞에서 브레이크를 밟는 바람에 몸이 앞으로 크게 쏠린 이후, 그녀는 집에서 차로 15분 거리인 병원을 오갈 때도 항상 지하철을 이용했다.

"운전할 수 있겠어?"

어젯밤, 불 꺼진 침실에서 휴대전화를 보던 무재가 눈썹 끝을 내리며 물었다.

"내일도 눈 많이 온다는데."

"걱정 마. 타이어에 체인도 감았는데, 뭐."

은화가 대답했다. 대체 얼마 만의 연극 오디션인지. 그녀는 오로지 그 걱정뿐이었다. 그새 딴생각에 잠긴 무재가 지나가는 말처럼 중얼거렸다.

"자기가 초원이를 한번 만나보면 좋을 텐데……"

은화는 어둠 속에서 입술을 깨물었다. 또 그 아이 이야기였다. 세번째로 그 일이 일어난 후, 무재는 따로 마음 둘 곳이 필요한 사람처럼 원생들의 사정에 지나치게 신경을 썼다. 퇴근 후 카페에서 사춘기 아이들의 고민을 들어주고, 주말에는 학부모들과 화상 미팅으로 입시 전략을 논의했다.

"원생한테 너무 정 주지 마. 어차피 곧 떠날 애들인데."

은화의 말에 그녀 쪽으로 돌아누운 무재가 세로로 길게 팬 보조개를 보이며 사람 좋은 미소로 대꾸했다.

"정은 무슨. 나야말로 내년에 걔들 안 보는 게 소원인 사람이야."

입시철이 끝나고 원생들이 한꺼번에 학원을 빠져나갈 때마다 남편의 가슴에 스미는 공허를 은화는 모르지 않았다. 스승의날에 꽃바구니를 들고 찾아오는 졸업생이 간혹 있긴 했지만, 그런 방문도 한두 해 지나면 자연스럽게 끊어지기 마련이었다. 초원도 그런 아이 중 하나가 될 것이다.

차가 터널에 들어서자 디제이의 목소리에 미세한 잡음이 섞였다. 원초원. 은화는 얼굴도 모르는 여학생의 이름을 터널 끝에 찍어두고, 돋보기로 빛을 모으듯 골똘히 들여다보았다. 싱싱한 풀잎으로 뒤덮인, 탁 트인 대지 같은 것이 떠오르는 이름이었다. 한 학기 내내 자신을 괴롭힌 급우들에게 대항하다가 학부모들의 허위 신고로 도리어 가해자로 내몰렸다는 아이. 생활기록부에 남은 학폭 이력을 지울 유일한 방법은 가해자들에게 먼저 사과하는 것뿐이라는.

"자기도 어려서 비슷한 일을 겪었으니까, 당사자로서 해줄 얘기가 있지 않을까 해서."

모로 누워 말하던 무재가 잠깐 뜸을 들이다가 덧붙였다.

"녀석이 당신을 엄청 좋아해. 걸핏하면 나한테 백은화랑 한집에 사는 건 어떤 기분이냐고 묻는다니까? 자기 말이라면 분명 귀담아들을 거야."

터널을 빠져나오자 12월의 창백한 햇살이 시선을 어지럽혔다. 눈이 녹아 질척이는 도로를 달리며 은화는 짧게 자른 머리를 점검하듯 손으로 쓸었다. 때 이른 새치는 집안의 유전이었고 예상했던 일이었는데도, 지난 3년 동안 하루가 다르게 늘어가는 흰머리를 보며 그녀는 새삼 놀라곤 했다. 그러면서도 기묘하게 자학적인 충동이 일어서, 염색하지 않고 그대로 두었다. 드문드문 희게 빛나는 커트 머리가 아직 젊음이 깃든 그녀의 얼굴과 대비되어 색다른 분위기를 자아내는 건 사실이었다. 상처에도 약간의 메이크업은 필요한 법이니까. 은화는 생각했다.

"살면서 여성으로서 겪은 상처를 독백 연기의 형태로 들려주세요."

2주 전, 연출가는 전화로 그렇게 말했다. 여자 배우 셋이 차례로 무대에 올라 '몸'과 관련된 사연을 풀어내는 모놀로그 형식의 연극으로, 원작인 미국 극작가의 대본 대신 주인공인 한국 배우들의 실제 사연을 각색해 무대

에 올릴 예정이라고 했다. 권 대표한테 은화 씨가 오디
션 제의 수락했단 얘기 전해 듣고 얼마나 기뻤는지 몰라
요. 연출가가 공연 기획사 대표의 이름을 언급하며 다정
하게 말했다. 연기라고 생각 말고, 그냥 저희끼리 수다
떠는 자리라고 생각해주세요. 우리 여자들 모두 가슴에
소화되지 못한 아픔 하나쯤 품고 살잖아요? 그 말에 실
린 동지 의식을 모른 척하기 어려워 은화는 그렇죠, 하
고 얼결에 수긍했다. 그리고 잠시 후 퀵으로 배송받은
번역 대본을 읽으며, 이 연극이 자신이 생각하는 배우의
일—다른 사람의 삶을 사는 것—을 완전히 거스르는
작업이라는 걸 깨달았다. 등장인물이 어릴 적 트라우마
를 방언처럼 쏟아내는 부분을 읽을 때는 오래전 보조 연
기자로 참여했던 드라마 치료 워크숍의 한 장면이 떠오
르기도 했다.

　지금처럼 세간에 이름을 알리기 전, 극단 선배들을 따
라 이런저런 아르바이트를 하던 시절이 은화에게도 있
었다. 마음이 아픈 사람들과 일대일로 역할극을 벌이는
드라마 치료 워크숍도 그중 하나였다. 워크숍에 참여한
사람들—그곳에서는 '내담자'라 불렀다—을 상대로
그들이 원하는 타인인 '보조 자아'를 연기하는 그 일은
보수에 비해 터무니없이 많은 양의 감정 노동을 수반했
지만, 그래도 안내원 명찰을 달고 불 꺼진 극장 한 귀퉁

이에 서 있거나, 지하철역 앞에서 사람들에게 공연 홍보 전단을 억지로 쥐여주는 일보다는 나았다. 내담자의 말과 행동에 즉흥으로 반응하는 행위가 실제 무대 연기에도 도움이 되는 느낌이었고, 상대를 따라 격렬히 감정을 발산할 때면 묘한 해방감이 들기도 했다.

하지만 그런 종류의 보상이 일을 더 쉽거나 가볍게 만든 건 아니었다. 사람들의 시선을 과하게 의식하거나 필요 이상으로 감정을 토해내는 내담자를 상대할 때면 더욱 그랬다. 은화를 향해 공격적으로 팔을 휘젓고, 있는 힘껏 울고, 소리치고, 가슴을 치며 무너지는 사람들. 역할극이 끝나고 사람들이 박수를 보내면, 은화는 어쩐지 민망해져서 자기만 알 정도로 시선을 살짝 떨구곤 했다. 은화의 눈에 그것은 또 하나의 약속된 연극처럼 보였으나, 그런 생각을 입 밖으로 꺼낼 만큼 어리석지는 않았다. 다음 주에도 우리 다 같이 잘 극복해봅시다. 워크숍을 마친 상담사가 둥글게 앉은 사람들을 향해 말했다. 그곳에서 마음의 상처는 대면하고 맞서 싸워야 할 적이었다. 반드시 극복해야 할 장애물이었다.

가지만 앙상한 가로수들이 은화의 얼굴 위로 굵은 핏줄 같은 그늘을 드리우며 지나갔다. 성긴 눈이 다시금 흩날리기 시작했다. 차가 내비게이션을 따라 언덕을 오르는 동안, 은화는 지금이라도 마음을 바꿔 집으로 돌아갈까 잠시 망설였다. 심사위원들 앞에서 자신의 사연을 극화하는 것이 드라마 치료만큼이나 부자연스럽게 느껴졌다. 그러나 제안을 거절하기에는 공백기가 너무 길었다. 연극 출연은 돈이나 명성에 큰 도움이 되는 일이 아니었지만, 무재도 소속사도 흔쾌히 도전해보길 권유했다. 다들 그녀가 어떤 식으로든 빨리 활동을 재개하는 게 중요하다고 생각하는 듯했다.

*

주차는요? 은화의 물음에 경비원이 극장 후문 앞에 펼쳐진 널찍한 땅을 가리켰다. 주먹만 한 포석이 깔린, 구도심의 오래된 빌딩에서 흔히 볼 수 있는 야외 주차장이었다. 은화는 띄엄띄엄 주차된 차들 사이를 돌며 적당한 자리를 찾았다. 포석이 들뜬 길을 지날 때마다 차체가 가볍게 덜컹거렸다. 모퉁이를 도는데 백미러에 낯익은 여자 얼굴이 스쳤다. 여자는 연석에 올라서서 눈을 맞으며 담배를 피우고 있었다. 레코드판이 재생되듯, 은화 안에서 무언가가 천천히 움직이기 시작했다. 변정림. 연극하던 시절 친자매처럼 지내던 후배였다.

은화는 주차장을 한 바퀴 돌아 모퉁이를 지나며 정림을 다시 찬찬히 살폈다. 청바지에 짧은 검은색 털 코트를 입은 정림은 전보다 얼굴에 살이 붙어 총기 있던 인상이 흐려지고, 몸도 많이 불은 모습이었다. 은화는 창밖으로 몸을 내밀어 인사하고 싶은 충동을 누르고, 정림과 최대한 먼 위치에 차를 세웠다. 그런 다음 정림이 담배를 끄고 극장으로 들어가는 모습을 확인한 뒤 약간의 시차를 두고 시동을 껐다.

여성의 몸을 소재로 한 작품이라 그런지 대기실에 모인 배우들의 외모가 전에 없이 다양했다. 파격적인 노출로 근육질의 몸을 드러낸 여자도 있었고, 비만인 탓에 의자에 간신히 걸터앉은 여자도 보였다. 번호표를 받고 자리에 앉은 은화는 준비한 대본을 가방에서 꺼낸 뒤 마스크를 고쳐 썼다. 허공에 대고 대사를 외는 배우들 사이로 고개를 숙이고 입을 달싹이는 정림이 눈에 들어왔다. 잠시 후 스태프가 큰 목소리로 말했다.

"연출님께서 긴장도 풀 겸 룰을 바꿔보자고 하셔서요. 도착하신 순서랑 관계없이 랜덤으로 호명할게요. 17번 지원자부터 들어오시면 됩니다."

달라진 룰이 역효과를 일으킨 듯, 배우들 사이에서 불만 섞인 한숨이 터져 나왔다. 호명된 지원자가 대기실과 연결된 짧은 복도를 따라 오디션장으로 들어갔다. 자리에서 일어난 은화는 준비한 첫 대사를 조그맣게 읊어보았다.

저는 지난 3년 동안 세 명의 아기를 잃었습니다.

은화는 고개를 저었다. 지금 보니 다소 과장되게 해석될 여지가 있는 문장이었다. 벽 쪽으로 돌아선 그녀는 즉석에서 대사를 수정해 다시 읊었다.

저는 세 번의 임신과 유산을 겪었습니다.

은화는 눈을 감고 새로 고친 대사의 여운에 집중했다. 전보다 육체적인 고통이 강조된다는 점은 마음에 들었으나 아직 완벽하진 않았다.

저는 지난 3년 동안 세 번의 유산을 겪었습니다.

앞선 두 문장의 장점을 합친 대사를 중얼거리며 그것의 효과를 가늠하고 있을 때, 복도 저편에서 17번 지원자의 울부짖는 목소리가 들려왔다. 나는 아무리 노력해도 당신을 용서할 수가 없어! 그 기세에 놀란 배우들이 서로를 쳐다보며 불안한 미소를 주고받았다. 자리에 앉은 은화는 천장을 올려다보며 다리를 떨었다. 어쩌면 준비한 것보다 더 강렬한 사연이 필요할지 몰랐다.

"왜냐하면 나는 아무리 노력해도 엄마를 용서할 수 없으니까!"

수년 전 워크숍에서 만난 중학생 소녀도 그렇게 말했었다. 도박 중독인 엄마에 대한 트라우마를 가진, 은화의 첫 내담자였던 아이. 당시 은화는 상담 센터에서 가르쳐준 특별한 대화법을 사용했다. 한 사람이 대사를 던지면 다른 한 사람이 '그 말을 들으니 나는……' 하고 이어질 말을 채워 답하는, 역할극이 익숙지 않은 사람들을 위해 고안된 초급자용 대화법이었다. "더 이상 엄마를 사랑하지 않아." 소녀가 중얼거렸다. "그 말을 들으니 나는 슬퍼. 왜냐하면 나는 너를 사랑하니까." 은화가 대답했다. 그리고 소녀의 입에서 그 대사가 튀어나왔다. "그 말을 들으니 나는 비참해. 왜냐하면 나는 아무리 노력해도 엄마를 용서할 수 없으니까!"

첫번째 지원자의 목소리가 잦아들고, 몇 초간 침묵이 흘렀다. 달아오른 오디션장의 분위기가 복도를 타고 대기실까지 전해졌다. 대기실로 돌아온 지원자의 흥분한 얼굴을 보며, 은화는 역할극을 할 때 내담자들의 얼굴에 떠오르던 기묘한 만족감을 떠올렸다. 소녀가 엄마에 대한 트라우마에 시달리면서도, 그 일을 이야기하면서 점차 열기를 띠었던 것을. 지금 은화에게 필요한 건 그 열기일지 몰랐다. 새틴 바우어가 파랗고 쓸모없는 물건들로 공들여 정원을 장식하듯, 사람들 앞에서 고통의 파편을 훈장처럼 늘어놓던 내담자들. 그들은 오직 그 순간에만 생생하게 살아 있는 것 같았다. 삶에서 상처를 빼면 아무것도 남지 않을 사람들처럼. 문득 새로운 생각이 은화를 스쳤다. 준비한 이야기의 조각들이 공중에 흩어졌다가 새로운 형태로 조합되며 입체적인 그림자를 만들어냈다. 차례가 왔을 때, 은화는 무언가에 이끌리듯 휘청거리며 자리에서 일어났다.

*

은화는 물이 묻은 손등을 뺨에 대고 지그시 눌렀다. 감정 소모가 큰 연기를 마친 뒤 백스테이지로 돌아온 것처럼 정신이 기진했다. 그녀는 마스크로 다시 얼굴을 꼼꼼히 가린 다음 화장실을 나섰다. 다행히 오디션은 큰 문제없이 치른 듯했다.

극장 밖으로 나오니 눈이 무섭게 퍼붓고 있었다. 은화는 우산을 펴고 계단을 내려갔다. 바람에 휘말린 눈송이들이 우산 안쪽을 제멋대로 파고들었다. 주차장에 도착한 은화가 어, 하고 걸음을 멈췄다. 허리를 숙이고 은화의 차 트렁크 주변을 살피던 여자가 인기척을 느끼고 몸을 일으켰다.

"선배."

젖은 머리카락이 얼굴에 달라붙은 정림이 빙긋 웃었다. 은화는 잠시 방심한 채 서 있었다. 그간의 세월이 투명한 막처럼 둘 사이를 가로막았다. 얼마 만이니 이게. 은화가 그 막을 찢듯 차량 사이로 걸어 들어갔다. 두 사

22

람은 누가 먼저랄 것도 없이 서로를 끌어안았다. 허공에 들린 은화의 우산이 중심을 잃고 흔들렸다. 설마 지금까지 나 기다린 거야? 몸을 떼며 묻는 은화를 향해 정림이 보일 듯 말 듯 고개를 끄덕였다.

"예전에 선배가 저 집까지 자주 데려다주셨잖아요. 오디션 끝나고 나왔는데 낯익은 차가 보이기에 혹시나 해서. 색깔이 특이해서 기억하고 있었거든요."

"변정림 기억력 좋은 건 여전하네."

대답하면서 은화는 정림이 자신보다 한참 먼저 오디션을 보았던 것을 떠올렸다. 우산도 없이 눈 속에서 자신을 기다렸을 정림을 생각하니, 길을 걷다가 반쯤 녹아내린 눈사람을 본 것처럼 마음이 내려앉았다.

"선배도 오늘 오디션 보신 거 맞죠."

"……응."

마스크를 벗은 은화의 시선이 저도 모르게 정림의 달라진 얼굴에 닿았다.

"저 많이 쪘죠."

정림이 멋쩍은 듯 자신의 몸을 내려다봤다.

"임신하고 거의 20킬로 쪘어요. 그나마 빠진 게 이 정도예요."

임신? 은화가 놀라 되물으려는데 오히려 정림이 눈을 크게 뜨며 놀란 시늉을 했다.

"선배 머리, 일부러 염색 안 하고 그대로 두신 거죠? 빈말 아니고 진짜 멋있어요. 엄청 사연 있는 여자 같아요."

"무슨. 뒷모습만 보면 그냥 백발 할머니야."

에이. 작게 웃은 정림이 우산을 든 은화를 물끄러미 보다가 다시 한번 그녀를 끌어안았다. 아까보다 좀더 길고 무람없는 포옹이었다. 은화의 마음속 레코드판이 빙글빙글 회전했다.

"춥지. 우리 어디 들어가서 얘기할까?"

"저도 그러고 싶은데…… 오늘 공연 있는 날이어서요. 콜 타임이 6시 반이라, 바로 대학로로 넘어가야 할 것 같아요."

"그렇구나. 그럼 내가 태워다줄까?"

"정말요?"

정림의 얼굴이 조명을 밝힌 듯 환해졌다.

"그래주시면 저야 좋죠. 가면서 선배랑 얘기도 하고. 신난다. 어, 근데 혹시 저 때문에 돌아가시는 거 아닙니까?"

은화의 얼굴에 미소가 번졌다. 쑥스럽거나 민망한 상황에서 목소리를 깔고 '다나까' 체를 쓰는 건 정림의 오랜 버릇이었다.

"나 아직 성북동 살아. 사양 말고 어서 타. 곧 퇴근 시간이라 차 막히겠다."

그 말에 조수석에 오르는 정림 위로 은화가 우산을 받쳐주었다.

"평소에도 이렇게 혼자 다니세요? 매니저 없이?"

정림이 벨트를 당기며 호기심 어린 눈으로 차 안을 둘러보았다.

"그럼. 날씨 좋을 때는 지하철도 타고 다니는데, 뭘."

은화는 부러 서글서글한 말투로 대답했다. 지하철을 탈 때 반드시 마스크를 착용한다는 말은 하지 않았다.

"오디션은 잘 봤고?"

은화가 시동을 걸며 물었다. 라디오에서 조금 전에 듣던 채널이 자동으로 흘러나왔다.

"망친 것 같아요. 아니, '같아요'가 아니라 망쳤어요."

"왜 그렇게 생각해?"

"선배도 아시죠. 연기도 괜찮았던 것 같고, 심사위원들 표정도 나쁘지 않았고, 근데 오디션장 나설 때 뒤통수에 탁 꽂히는 싸한 느낌. 아, 나는 아니구나 싶은 그 얄궂은 예감이요."

은화는 공감의 표시로 작게 웃었다.

"선배도 아까 대기실에 있는 배우 보셨죠? 전 글렀어요. 살찌려면 그분처럼 아예 확 쩌야 하는데. 여자 배우 중에 제일 답 안 나오는 게 애매한 돼지 같아요."

장갑을 벗은 정림이 손마디를 꺾으며 가볍게 투덜거

렸다.

"그보다 더 답 없는 게 뭔지 알아?"

"뭔데요? 아니다, 제가 맞혀볼게요. 음…… 애매하게 늙은 여자 배우?"

"설마 방금 나 쳐다보면서 말한 거 아니지?"

두 여자가 예전으로 돌아간 듯 키득거렸다. 민트색 모닝이 골목을 빠져나와 정체 중인 도로로 들어섰다. 초저녁인데도 눈 때문에 사위가 어둑했다.

"신기하다. 실은 저 오늘 여기 오면서 선배 생각했거든요."

정림이 가늘게 뜬 눈으로 폭설이 내리치는 도로를 바라보며 말했다.

"오늘 오디션이요. 예전 그 워크숍 생각나지 않았어요? 그때 우리 이런 거 많이 했잖아요. 오늘 같은 독백 연기는 아니었지만 뭐랄까…… 일종의 트라우마 치료 같은? 아무튼 되게 익숙한 감각이었어요."

퇴근 시간이 다가오자 도로에 차들이 눈에 띄게 불어나기 시작했다. 은화는 운전하면서 한 손을 히터로 뻗어 온도가 적당한지 살폈다. 잊혔던 손의 감각이 되돌아오고 있었다.

"그때 알바 끝나고 집에 가면서 우리끼리 엄청 투덜댄 거 기억나?"

은화가 정림을 힐끗 보며 물었다.

"그럼요. 선배가 그랬잖아요. 내담자들 상대하다가 도리어 우리가 트라우마 생길 판이라고. 다신 안 그럴게! 미안해! 그땐 내가 몰랐어! 용서해줘!"

정림의 과장된 연기에 은화가 큰 소리로 웃음을 터뜨렸다. 오랜만에 듣는 자신의 웃음소리에 문득 쓸쓸해져서, 그녀는 그 기운이 정림에게 건너가지 않도록 서둘러 말을 이었다.

"보조 자아가 하는 일이 그거였지. 잘못했다고 빌고, 변명하고."

"생각해보면 우리 그때 완전 인간 샌드백이었어요. 왜 영화 「주먹이 운다」에서 최민식 선배님이 하던 알바 있잖아요. 길거리에서 돈 받고 행인들 주먹 받아주는 거."

"정림이 네가 내 샌드백이기도 했고."

농담처럼 말했지만 진심이 밴 말이었다. 그 시절 은화와 가장 자주 합을 맞춘 사람이 바로 정림이었으니까. 당시 워크숍에 참가한 보조 연기자들은 역할극이 낯선 내담자들을 위해 둘씩 짝지어 시범 연기를 보여주곤했다. 한쪽이 내담자가 되고, 다른 한쪽이 상대가 원하는 보조 자아—가족이나 친구, 연인 혹은 신 같은—가 되어 서로 번갈아가며 주어진 역할을 연기했다. 서로 다른 성격의 극단에서 활동하는 두 사람이었지만, 은화는 정림과 역할극을 할 때면 신기하리만큼 안정감을 느꼈다. 마치 둘 사이에 쉼표와 도돌이표, 스타카토 같은 기호가 적힌 악보가 놓여 있어서, 음이 튀거나 엇나가는 법 없이 극이 알아서 조화롭게 연주되는 느낌이었다. 이후 워크숍이 끝날 때마다 팬 미팅 하듯 정림 주변으로 모여드는 내담자들을 보며, 은화는 그 연주를 지휘한 사람이 자신이 아닌 정림이었다는 걸 깨달았다. 센터에서 배운 지침을 바탕으로 상대의 말에 기계적으로 반응하는 은화와는 달랐다. 정림은 내담자의 사연에 진심으로 공감했고, 필요한 경우 개성 있는 은유와 상징을 사용해 상대의 복잡한 감정을 대신 표현했다. 누구도 가르쳐주지 않았는데 본능적으로 그걸 해냈다. 은화가 여간해선 입에 올리지 않는 학창 시절 이야기를 그처럼 많은 사람 앞에서 털어놓은 것도 정림의 남다른 재능 때문이었을 것이다. 입구가 벌어진 오래된 우유 팩. 교실에 술렁이는 공모의 기운. 팔을 타고 기어오르는 짧고 통통한 구더기들.

"참. 저 예전에 선배 나오는 영화 보러 극장도 갔었는데."

벨트 사이로 몸을 움직여 코트를 벗은 정림이 옷을 무릎에 올려놓으며 말했다. 이제 완전히 어두워진 도로 위로 헤드라이트를 밝힌 차들이 굼뜨게 움직였다.

"선배 처음 나오는 장면에서, 같이 간 남편이 제 눈치를 슬쩍 보더라고요. 아마 제가 질투할까 봐 마음이 쓰였나 봐요. 근데 신기한 게 뭔지 아세요? 저 정말 진심으로 기뻤어요. 정신 승리 같은 거 아니고 진짜로요. 선배가 잘된 게, 내 일처럼 기뻤어."

혼잣말하듯 말을 맺은 정림이 그날의 감정을 되새기듯 창밖에 시선을 걸었다. 은화는 그녀가 곧이어 그간의 공백을 궁금해하리라 예상했으나 정림은 더는 아무것도 묻지 않았다.

"3년이나 쉬었네요?"

은화가 독백 연기를 시작하기 전, 지원서를 살펴보던 공연 기획사 대표가 안경 너머로 눈을 치켜뜨며 물었다.

"그동안 왜 아무것도 안 했어요?"

차가 신호에 멈춰 섰다. 앞 유리에 내려앉은 눈송이들이 다채로운 물무늬를 그리며 흘러내렸다.

"사는 게 바빠서 후배가 엄마 된 것도 몰랐네. 정림이 너 닮아서 엄청 귀엽겠다. 아기 말이야."

은화는 고개를 돌려 정림을 바라보았으나 정림은 여전히 창밖에 시선을 두고 있었다. 'I don't want a lot for Christmas. There's just one thing I need.' 머라이어 케리의 허스키한 목소리와 반복되는 와이퍼 소리가 엇박자를 이루며 차 안에 흘렀다. 아기 사진은 없어? 은화가 물으려는데 정림이 먼저 입을 열었다.

"선배, 저 유산했어요."

은화 안에서 활기차게 돌아가던 레코드판이 잡음을
일으키며 제자리에 멈춰 섰다.

저는 지난 3년 동안 세 번의 유산을 겪었습니다.

"선배도 아시죠, 저 남편이랑 엄청 애썼던 거. 그렇게
물 떠놓고 기도할 땐 안 생기더니…… 사람 일이라는 게
참 웃겨요."

정림이 무릎에 놓인 검은 털 뭉치를 소중한 물건인 양
손으로 쓸어내렸다.

"기껏 마음 접고 활동 열심히 하고 있는데, 일이 그렇
게 되니까 기분 이상하더라고요. 남편도 초음파 사진 보
면서 이게 말이 되냐고…… 근데 선배. 그거 보는데 제
마음이요. 마음이, 솔직히 마냥 기쁘지만은 않은 거예
요. 저 그때 노준한 감독 영화 출연하기로 되어 있었거
든요. 이 작품만 잘되면 뭔가 달라질 것 같은데…… 나
이제 한창인 것 같은데…… 지금도 조이한테 참 미안해
요. 엄마인 제가 그런 생각이나 하고 있었다는 게요."

말을 마친 정림이 아, 조이는 저희 딸 태명이었어요,
하고 소리 없이 웃었다.

30

세번째로 임신했을 때는 태명을 지어주지 않았어요.
또 상처받기 싫어서요.

"예쁜 이름이네." 은화가 말했다. "조이."

두 여자는 우산을 쓰고 횡단보도를 건너는 행인들을 잠자코 건너보았다. 'Oh, I won't ask for much this Christmas, I won't even wish for snow.' 은화는 라디오 볼륨을 줄였다. 한 남자가 납작한 서류 가방을 머리에 이고 행인들 사이로 뛰어갔다.

……아이에게 이름을 지어주지 않은 걸 후회했어요. 세번째 아이는 꽤 자란 상태여서, 정식으로 장례를 치러야 했거든요. 저는 차마 마주할 용기가 없어서, 병원에 있는 동안 남편 혼자 아이를 화장하고 돌아왔어요. 이름 없는 관 속에 배냇저고리와 작은 꽃다발을 넣어서요.

"그게 언제 일이야?"
"올해 초요. 그래도 지금은 살 많이 빠진 거예요. 한창 때는 서 있으면 제 발가락도 안 보였어요."
정림이 자조적으로 웃었다. 신호가 바뀌고 차들이 더디게 나아갔다. 임신 막달에 사산했구나…… 은화의 생각에 확신을 더하듯, 대시보드 위의 강아지 인형이 웃음 띤 얼굴로 고개를 끄덕였다. 병원에서 이따금 보았던 만삭의 산모들. 꺼져가는 생명을 그녀보다 더 오래, 마지막 순간까지 품고 있던 여자들. 수술실 벽 너머로 들려오는 다른 산모의 아기 울음소리에 귀를 틀어막으며 짐승처럼 낮게 신음하던.

"몸은 괜찮아?"

"저 체력 좋은 거 아시잖아요. 살이 안 빠지는 게 문제지 몸은 멀쩡해요."

"그렇구나…… 원인이 뭐였는지 물어봐도 돼?"

고개를 저은 정림이 한 박자 사이를 두고 대답했다.

"저도 그게 궁금해요."

터널로 진입하는데 라디오에서 도로에 형성된 블랙아이스를 주의하라는 교통 방송이 흘러나왔다. 곧이어 막이 바뀌고 암전이 이어지듯, 차가 어둠 속으로 기어들었다. 원인불명의 습관성 유산. 세번째 아기의 상태를 확인하러 간 병원에서 은화는 그 말을 들었다. 움직임을 멈춘 아기의 초음파 사진 위로 의사의 마우스 포인터가 반딧불처럼 획획 날아다녔다. 나이, 환경, 유전, 음식, 모든 게 원인이 될 수 있었다. 그랬다. 음식도 원인이 될 수 있었다. 첫 임신으로 찾은 병원에서 간호사가 '임신 초기에 조심해야 할 음식 목록'을 하나하나 불러주었을 때 은화는 대수롭지 않게 흘려들었다. '저온살균 하지 않은 우유'라는 단어가 나왔을 때는 저도 모르게 픽 웃기까지 했다. 아역 배우로 활동하던 고등학교 시절, 자신의 책상 서랍 안에 상한 우유가 든 팩을 상습적으로 쑤셔 넣는 아이들 앞에서 구더기가 들끓는 그것을 보란 듯이 마신 이후, 그녀는 우유는 물론 치즈나 요구르트 같은 유제품도 일절 입에 대지 않았다. 여름에 식중독으로 유산하는 산모도 있어요. 은화의 반응을 오해한 간호사가 엄격한 얼굴로 쏘아붙였다.

"오늘 공연하는 작품은 뭐야?"

「박수는 조금 있다가」라는 연극인데. 아세요?"

장갑을 낀 정림이 스파링을 앞둔 복서처럼 양 주먹을 꼭 쥐었다 폈다. 터널만 지나면 곧 대학로였다.

"아니. 창작극인가?"

"맞아요."

"힘들겠다. 원래 창작극이 더 어렵잖아."

"어렵긴 한데 그래서 더 재밌어요. 솔직히 말하면 일이 이렇게 되어서 차라리 다행이라는 생각도 들어요. 저희 부부 형편에 아이 낳았으면 지금처럼 활동하진 못했을 것 같거든요."

터널을 빠져나가는 동안 정림이 무덤덤하게 이어 말했다.

"퇴원하고 집에 돌아와 아기방 정리하면서 가장 먼저 든 생각도 그거였어요. 아, 나 이제 무대에 설 수 있구나. 다시 배우로 살 수 있구나. 슬픈데, 몸이 막 떨릴 정도로 슬픈데, 한편으로는 안도감이 드는 거예요. 남편도 더 이상 노력해보자는 소린 못하겠지 싶고. 1년 가까이 품은 자식이 원인도 모르고 죽었는데…… 어이가 없어서 방 치우다가 저도 모르게 막 웃었어요. 느낌이 이상해서 뒤돌아보니까 남편이 뜨악한 얼굴로 내려다보고 있더라고요. 시트콤이 따로 없었다니까요. 하하."

그 순간 오디션장에서 봤던 장면 하나가 은화의 머릿속에서 툭 굴러 나왔다. 문밖으로 새어 나오던 심사위원들의 잔잔한 웃음소리. 평소와 다른 오디션장 분위기에 의아한 얼굴로 대기실 벽 너머를 힐끔대던 배우들. 정림이 심사위원들 앞에서 지금처럼 너스레를 떠는 모습을 은화는 어렵지 않게 상상할 수 있었다.

문득 제 몸이 문제라는 생각이 들었어요. 어렸을 때 마신 상한 우유가, 그 조그만 벌레들이 제 몸 어딘가를 돌이킬 수 없게 망가뜨려버린 건 아닐까 하고요. 황당한 생각이라는 건 저도 알아요. 하지만 한번 그렇게 생각하니까 멈출 수가 없었어요.

"참, 그 연출가 여자 말이에요."

정림이 웃음기를 지우며 입을 열었다.

"마지막에 좀 이상한 말을 했어요. 제가 겪은 건 유산이 아니라 엄밀히 말하면 출산이라고, 자기가 유학한 프랑스에서는 다들 그렇게 표현한다고요. 제가 어리둥절해하니까 웃으면서 어깨를 으쓱하고 마는데, 오디션 끝나고 그 몸짓이 계속 떠오르는 거예요. 모르겠어요. 왜 뒤늦게 찝찝한 기분이 드는 건지…… 왜 자꾸 뭔가를 헐값에 팔아넘긴 기분이 드는 건지…… 악!"

정림의 외마디 비명과 함께 두 사람의 몸이 앞으로 쏟아졌다. 급하게 끼어든 오토바이가 급정거한 차를 뒤로하고 빠르게 멀어져 갔다. 괜찮아요, 선배? 정림이 창문 위의 손잡이를 붙잡으며 은화를 살폈다. 어지러운 눈발 사이로 제설차가 모래를 뿌리며 지나갔다. 말없이 도로를 노려보던 은화가 액셀을 밟으며 말했다.

"……그 말을 들으니 나는 화가 나."

은화가 정면을 주시하며 과장된 어조로 덧붙였다.

"그 여자가 감히 그런 말을 할 자격이 있나?"

은화를 보는 정림의 얼굴에 장난기가 어렸다. 음음, 목을 가다듬은 정림이 연극 조로 능숙하게 말을 받았다.

"그 말을 들으니 나는 속이 좀 풀리는 것 같아. 솔직히 오디션 떨어진 것보다 그 여자 태도가 더 기분 나빴

거든."

"그 말을 들으니 나는 속상해. 왜 벌써 떨어졌다고 생각해? 너만큼 실력 있는 애가 어딨다구."

정림이 창문에 얼굴을 기대며 대답했다.

"그 말을 들으니 나는 기뻐. 하지만 오디션은 떨어진 게 확실해. 심사위원들 반응 보니 알겠더라. 하기야 그런 일을 겪고 차라리 잘됐다며 안도하는 엄마라니 누가 공감하겠어."

차가 로터리에서 큰 커브를 그리며 도는 동안 두 여자의 몸이 한 방향으로 느리게 기울었다.

"그 말을 들으니 나는 오히려 위로가 돼. 나도 유산했을 때 비슷한 기분이었거든."

고개를 돌린 정림이 은화를 똑바로 쳐다봤다.

"……그 말을 들으니 나는 길가에 버려진 장갑 한 짝이 된 기분이야."

"……"

"실은 나 아까 속으로 선배 질투했어. 선배한테 아이가 있는 줄 알고…… 차 뒤에 붙은 스티커를 봤거든."

은화가 와이퍼 속도를 올리며 답했다.

"그 말을 들으니 나는 저 창문의 눈송이처럼 순식간에 녹아내리는 기분이야."

정림이 목소리를 한 톤 높였다.

"그 말을 들으니 나는 바람에 휘날리는 비닐봉지가 된 기분이야."

"그 말을 들으니 나는 추위에 굳어버린 길고양이가 된 기분이야."

"그 말을 들으니 나는 눈발 속에서 길을 잃은 발자국이 된 기분이야."

"그 말을 들으니 나는 영원히 멈춰버린 분수대가 된 기분이야."

"그 말을 들으니 나는 아무도 없는 골목에 켜진 가로등이 된 기분이야."

"그 말을 들으니 나는 물속에 가라앉은 못생긴 가오리가 된 기분이야."

"그 말을 들으니 갑자기 선배랑 가오리찜에 소주 한잔하고 싶지 말입니다?"

그게 뭐야. 두 사람은 참지 못하고 웃음을 쏟아냈다. 정신없이 웃는 와중에 휴대전화가 울려서 은화는 무심코 스피커폰으로 전화를 받았다. 은화 씨, 통화 괜찮아요? 연출가의 목소리가 의미심장했다. 연출님, 저 지금 운전 중이라 조금 이따가 다시 전화드릴게요. 빠르게 말한 은화가 급히 통화 종료 버튼을 눌렀다.

"와, 역시 선배가 됐나 보네요."

정림이 여전히 웃음을 머금은 얼굴로 말했다.

"아직 모르지."

말은 그렇게 했지만 은화도 알고 있었다. 번화가로 접어든 차 안으로 사람들이 웃고 소리치고 서로를 부르는 소리가 먹먹하게 스며들었다.

"선배, 저 그냥 여기서 내려주세요. 더 들어가면 빠져나올 때 골치 아파요."

"춥잖아. 극장 앞까지 가도 되는데."

"어차피 담배 사러 편의점 들러야 해요. 얼른요."

정림의 성화에 은화는 마로니에공원 앞에 차를 세웠다. 공원 중앙에 선 대형 크리스마스트리 주변에 반짝이는 종이로 포장한 가짜 선물 상자가 수북이 쌓여 있었다.

"모바일 초대권 보내드릴 테니까 나중에 시간 나면 공연 보러 오세요!"

급하게 차에서 내린 정림이 미처 코트에 꿰지 못한 한쪽 팔을 흔들며 소리쳤다. 돌아선 정림이 걸음을 옮길 때마다 코트에 달린 털이 가볍게 나풀거렸다. 은화는 방금 전 그들이 나눈 가오리찜 이야기가 떠올라 엷게 웃었다. 그리고 차를 돌려 자신이 기억하는 공영 주차장으로 향했다. 정림이 오늘 연극에 출연한다는 말을 들었을 때부터 계획한 일이었다. 가까운 사람의 공연일수록 돈을 내고 관람할 것. 극단에서 활동하던 시절 선배들에게 배운 에티켓이었다.

도착한 공영 주차장 입구에는 '만차' 표시등이 들어와 있었다. 주차할 공간을 찾아 골목을 돌던 은화는 소극장 옆 공터에서 담배를 피우는 정림을 발견했다. 가까이에서 보니 정림은 불이 붙지 않은 담배를 그저 물고 있을 뿐이었고, 양손을 코트 주머니에 넣은 채 눈 내리는 하늘을 올려다보고 있었다. 차창 너머로 보이는 정림의 옆얼굴은 조금 외롭고 고단해 보였다. 그때 서너 명의 여자가 정림에게 다가왔다. 오늘 함께 무대에 서는 동료들인 듯했다. 한 명이 정림의 담배에 불을 붙여주었다. 그녀가 무슨 말인가를 하자 정림이 크게 웃음을 터뜨렸다.

*

폭설이 내리는 대학로의 밤거리는 술에 취한 젊은이들로 소란했다. 눈이 멎은 틈에 차에서 내리느라 우산을 깜빡한 은화가 맨몸으로 주차장까지 걸어가는 동안, 무리 지어 걷던 사람 중 몇몇이 은화의 얼굴을 알아보고 노골적으로 고개를 틀었다. 그녀는 아직 연극 속에 머물러 있었다.

특이한 커튼콜이었어. 은화는 생각했다. 차례차례 탁자 앞에 앉아 무표정하게 관객석을 응시하던 배우들. 그 모습에 숨을 죽이고 박수 칠 타이밍을 기다리던 관객들. 이내 표정을 풀고 환히 웃으리라 기대했던 배우들이 예상외로 오래 침묵하자, 관객석이 서서히 동요하기 시작했다. 뭐야, 끝난 거 아니야? 옆자리 남자가 함께 온 여자에게 재미있다는 듯 속삭였다. 암전 후 다시 막이 올랐을 때 무대에는 연극의 유일한 소품이었던 탁자와 의자만이 덩그러니 남아 있었다. 뒤늦게 박수가 터졌으나 배우들은 끝내 모습을 드러내지 않았다. 커튼콜은 생략된 것이나 다름없었다. 그처럼 인사 없이 사라지는 행동이 어쩐지 그들의 중요한 신념처럼 느껴져서, 은화는 정림을 보러 백스테이지로 가려던 발길을 돌려 극장 문을 나섰다.

차를 몰고 집으로 돌아가는 동안 은화는 손의 감각이 완전히 되살아난 것을 느꼈다. 눈보라가 몰아치는 도로는 빙판으로 변한 지 오래였으나 두려운 마음은 들지 않았다. 오히려 누구도 함부로 속도를 내지 못하는 지금 이 상황이 전보다 더 안전하게 느껴졌다. 라디오에서 아이들이 합창하는 거룩한 분위기의 캐럴이 메들리로 이어졌다. 머리는 염색하지 말고 그대로 둘 것. 세 번의 유산이라는 설정은 유지하되, 결말에 약간의 변화를 줄 것. 정림의 연극이 시작하기 전, 연출가가 전화로 그녀에게 제안한 내용이었다.

"비슷한 사연이 반복되면 관객들이 지루해할 수 있어서, 세번째 유산의 설정을 살짝 바꿀까 해요. 임신 마지막 달에 사산한 걸로 시기만 좀 늦추기로요. 이거 내 의견 아니고 권 대표 의견이에요. 나도 어이없긴 한데, 자기는 프로니까 이해하리라 믿어요."

시내를 빠져나온 은화의 차가 어스름한 주택가로 들어섰다. 거절 의사는 내일 전해도 늦지 않을 것이다. 아이들의 합창이 절정으로 치닫는 동안 그녀는 감정이 점차 고조되는 걸 느꼈다. 고등학교 2학년 겨울방학이 시작되던 그날도 지금처럼 눈이 내렸다. 오랫동안 그녀를 괴롭히던 아이들의 책상 서랍에 구더기가 들끓는 우유팩을 하나씩 밀어 넣고 나온 날. 교문 앞에서 더러워진 손을 눈 뭉치로 닦아내고 은화는 눈을 맞으며 언덕을 따라 내려갔다. 불 밝힌 상점들이 늘어선 밤거리에 흥겨운 크리스마스캐럴이 신의 은총처럼 떠다녔다. 구세군 냄비 옆에서 산타 복장을 한 자원봉사자가 은화를 보고 장난스럽게 눈썹을 꿈틀댔다. 은화는 깜짝 놀라 고개를 숙였다. 누군가 자신을 알아볼까 두려웠다. 방금 자신이 저지른 짓을 알아차릴까 두려웠다. 주위의 모든 것이 그녀가 조금 전에 행한 작은 복수와 대비되어 무정한 아름다움을 드러냈다. 가로등 아래 춤추는 눈송이들. 창문을 장식한 색색의 전구들. 구세군의 맑은 종소리. 노점에서

풍기는 어묵 냄새. 사람들의 웃음소리…… 눈 내리는 연말의 밤거리를 통과하면서 은화는 세상의 아름다움을 하나하나 감각했고, 그러는 동안 천천히 비참해졌다. 어린 은화는 배우로서 그 비참함을 잘 간직하기로 마음먹었다. 그것만큼은 누구도 건드릴 수 없는 그녀 자신의 것이었으므로. 작고 파란 불씨 하나가 그녀의 정원 안에서 고요히 타올랐다.

집 앞에 도착한 은화는 시동을 끄고 한참 동안 차 안에 앉아 있었다. 대시보드 위의 강아지 인형이 웃는 얼굴로 그녀를 올려다봤다. 은화는 손으로 인형의 목을 톡 건드렸다. 다시 힘차게 고갯짓하는 강아지를 보며, 그녀는 오늘 밤 무재에게 초원을 만나겠다고 말하기로 결심했다. 아이에게 무슨 말을 할지 스스로도 아직 알 수 없는 채로. 차에서 내린 은화의 희끗한 머리 위로 그보다 더 흰 눈이 정직하게 내려앉았다. 아득한 과거가 숨을 헐떡이며 달려와 마침내 그녀를 따라잡았다.

---

* 작중 드라마 치료 대화법은 미국의 임상심리학자 토머스 고든이 개발한 'I-메시지 대화법'을 적용한 것으로, 구체적 용례는 닉 드르나소의 그래픽노블 『연기 수업』(목정원 옮김, 프시케의숲, 2023)에서 착안했다.

인터뷰

강보라
×
홍성희

홍성희　꼭 두 해 전 봄에 〈소설 보다〉와 함께해주셨는데, 다시 이 계절에 만나게 되었습니다. 반가운 인사 말씀을 먼저 드리고 싶어요. 그간의 계절을 어떻게 지내오셨는지요? 어떤 마음으로 봄을 맞이하고 계신지 궁금합니다.

강보라　다시 같은 계절에 뵙게 되어 반갑습니다. 그 계절이 한 해의 시작인 봄인 것도 참 좋고요. 저는 지금 집 앞 단골 카페에서 이 글을 쓰고 있어요. 카페 위치가 헌법재판소 바로 옆이어서, 손 팻말을 든 시위대의 전열을 뚫고 들어와야 했습니다. 블라인드를 내린 통창 아래로 분주히 움직이는 경찰들의 발이 보이네요. 다른 분들과 마찬가지로 저 역시 올해는 몹시 무거운 마음으로 새해를 맞이한 듯해요. 어수선한 시국을 통과하며 무력감에 시달리던 중 「바우어의 정원」이 '이 계절의 소설'로 선정되었다는 소식을 들었고요. 그래서 실은 지금 약간 어정쩡한 미소로 기쁨을 만끽하고 있습니다. 웃을 일이 통 없던 요즘이라, 저도 모르게 얼굴근육이 뻣뻣하게 굳어 있었나 봐요.

두 해 동안 프리랜서 기자 겸 에디터로 활동하면서 '일하는 틈틈이 소설을 쓰는 생활'에서 '소설을 쓰기 위해 일하는 생활'로 자연스럽게 이행하게 되었어요. 제게는 큰 전환인 셈입니다. 이상한 얘기지만, 저는 데뷔 이후 소설이 일상을 잠식하는 상황을 줄곧 경계하며 살아왔거든요. '절박한 건 멋지지 않다'는 태도로 짐짓 의뭉을 떨면서요. 이제는 멋이고 나발이고 완전히 나동그라져서, 소설이 일상의 중심에 놓인 생활을 순순히 받아들이게 되었습니다. 그야말로 깨끗이 굴복한 것 같아요.

홍성희   강보라 작가의 소설에는 문화예술계에 몸담고 있는 다양한 직업군의 사람이 나옵니다. 인물들은 문화예술장에 대한 감각이 어떤 관계 속에서 형성되고, 고정되거나 변화하는지를 예각

화하여 드러내는데요. 그 과정에서 문화와 예술이라는 장 자체의 문제를 살펴보게 하지만, 동시에 그러한 장 내부 문법 속에서 소거되지 않는 '사람'들의 문제로 예술과 문화를 재인식하게 하는 것 같아요.

인물들이 배우라는 직업을 공유하고 있는 「바우어의 정원」도 그러한 해석의 연장선상에서 읽어보게 되었습니다. 이 소설은 배우를 직업으로 하고 있거나 하고자 하는 인물이 오디션장과 극장, 화면과 무대, 무대와 학원, 학원과 학교, 차 안과 거리, 공적 공간과 사적 공간 등 다양한 위치에 동시적으로 관계되어 있는 모습을 보여줍니다. 동일한 공간 안에서 배우라는 혹은 어떠한 배우라는 이유로 놓이게 되는 상대적인 위치가 돌올하게 감각되기도 하는데요. 이러한 복합적 위치성은 배우인 인물들을 배역을 매끄럽게 연기하는 예인만이 아닌, 일을 하고 사람들과 관계 맺으며 삶을 이어가는 사람으로 새삼 부각시키는 것 같습니다. 소설이 인물들의 연기 장면을 감추고 외려 연기를 시작하기 직전까지와 끝낸 이후의 시간에 집중하고 있기 때문이기도 할 텐데요. 그러면서도 무대에 서고 배우로 사는 일에 대한 마음이 내내 인물들을 연결하고 있기도 합니다. 여러 위치와 마음의 교차 가운데 항시적으로 배우'인' 사람이 아닌 배우로 '사는' 사람들에 관해 그리는 이 소설에서, 각자의 방식으로 무대를 향해 있는 인물들에게 '연기하는 삶'이 어떤 것으로 여겨지기를 바라셨는지요. 인물들을 향한 작가님의 마음을 여쭙고 싶습니다.

강보라 '항시적으로 배우인 사람이 아닌 배우로 사는 사람들에 관해 그리는 소설'이라는 선생님의 멋진 요약에 조심스럽게 밑줄을 그어봅니다. 곰곰 생각해보니 그동안 제가 배우라는 존재에 대해 알게 모르게 각별한 마음을 품어왔던 것 같아요. 가까운 관계까지는 아니더라도 기자인 제 업무 특성상 꽤 자주 마주치는 직업군이기는 하니까요. 예컨대, 오래전 공연 잡지 기자로 일하면서 연극배우들의 오디션 현장을 취재할 기회가 자주 있었습니다. 취재라고 해봐야 거울로 둘러싸인 연습실 구석에 쪼그리고 앉아 '김 모 배우 실물이 백배 잘생김' 같은 한심한 메모를 끼적이는 수준이었지만요. 처음 오디션 현장을 목격하고 무척 놀랐던 기억이 납니다. 저는 배우가 지정된 대본을 소화하는 일반적인 오디션을 예상했는데, 그날 제가 접한 현장은 연기보다는 배우의 살아온 이야기를 '듣는' 자리에 더 가까웠거든요. 그것도 한 사람당 최소 30분씩 충분한 시간을 갖고서요. 심사위원 앞에서 자기 삶의 내력을 진솔하게 들려주던 배우들의 얼굴이 지금도 생생하게 떠오릅니다. 그들의 묵직한 사연에 현장에 있던 사람들의 눈시울이 이따금 붉어졌던 것도요. 오디션이라는 특수한 상황에서만 발생하는 특수한 유대가 존재하는 느낌이었죠.

그런데 며칠 후 상당히 민망한 상황이 벌어졌습니다. 비슷한 형식의 오디션을 취재하러 갔다가 그날 현장에서 본 배우들을 다시 마주치게 되었거든요. 배우들이 제 얼굴을 기억하고 반갑게 인사하는데, 어쩐지 미안한 마음이 들더라고요. 본의 아니게 그들이 똑같은 레퍼토리를 반복하는 모습을 지켜보는 입장이 되었으니까요. 그런데 곧이어 놀라운 일이 일어났습니다. 배우들이 현장에서 들려준 사연이 전과 완전히 달랐던 것입니다. 아니, 내용은 비슷한데 묘하게 완성도가 높아졌다고 할까요? 이야기의 구조가 전보다 훨씬 탄탄하고 묘사도 한층 풍부해진 느낌이었죠. 배우들이 관객(심사위원)을 상대로 사연을 거듭 재현하는 과정에서 그들 고유의 서사를 얻었다는 것을 알 수 있었습니다. 많은 연출자와 각본가가 그처럼 수고스러운 방식의 오디션을 고집하는 데는 그만한 이유가 있었던 것이죠. 이들에게 오디션은 각각의 배역에 어울리는 인간 내면의 서사 즉 서브텍스트를 발견하는 자리였던 셈입니다. 그 서브텍스트를 바탕으로 새로운 인격체를 형성하는 것이 아마 무대에 선 배우가 하는 일일 테고요.

「바우어의 정원」을 쓰면서, 배우들의 그런 행위가 무의식의 상처와 결핍을 의식화하는 창작 활동과 비슷하다는 생각을 했습니다. 어쩌면 그것이야말로 세간에 떠도는 치유와 극복의 서사에 수동적으로 편입되지 않으면서 개인의 존엄을 지키는 가장 '모던한' 생존 방식이 아닐까, 자문하면서요. 요컨대 저는 은화와 정림에게 '연기하는 삶'이 곧 그들 고유의 생존 방식이 되길 바랐던 것 같아요. 픽션과 리얼리티가 뒤

섞인 자아로 매번 새로운 무대에 오르는 그들의 행위가 그 자체로 그들의 삶을 우아하게 지탱하기를, 그 삶이 '무엇을 위해 연기하는 삶'이 아닌 '연기할 수밖에 없어 연기하는 삶'으로 무대 위에서 관객과 함께 공명하기를요. 배우라는 특수한 직업에만 해당하는 이야기는 아니라고 봐요. 독자와의 접점이 많지 않음에도 굳이 주인공을 배우로 설정한 이유는 자아의 안팎을 누구보다 역동적으로 오가는 직업이라고 판단해서예요. 저의 소설 쓰는 행위도, 독자의 소설 읽는 행위도 그런 작업이 될 수 있다고 생각합니다. 쓸 수밖에 없어 쓰는 삶, 읽을 수밖에 없어 읽는 삶이 우리의 영혼을 지탱하고 있다고 믿어요.

홍성희 이 소설에는 세 개의 무대가 있는 것 같아요. 과거 은화와 정림이 '내담자'와 '보조 자아'를 연기하던 워크숍에서의 무대, 두 사람이 각자 참가한 오디션 무대, 정림이 참여한 창작극 무대. 세 무대는 목적과 방법이 각기 다르지만, 무대 위와 아래 혹은 밖이라는 공간적 구분을 무화시키는 방식으로 작동하고자 한다는 점에서 연결되어 있는 것 같습니다. 타인이 아닌 자기 자신의 서사를 연기하기를 요구하는 무대에서는 그 무화가 배우 자신에 의해 이루어지게 된다면, 커튼콜 박수를 지연시키거나 불가능하게 만드는 창작극 무대에서는 무대의 형식 자체가 그러한 무화를 가능하게 하는 듯해요. 하지만 무대라는 장치의 힘은 쉽게 무력화되지는 않는데요. 여성의 신체와 그것이 관통한 시간, 클래식 방송을 피하게 되는 감각의 궤적 같은 것은 무대 위에서 재현되려는 순간 '극화'되기도 하고, 그것을 섣부른 '동지 의식'으로 감싸거나 '유산'이나 '출산' 중 무엇으로 구분하고 배치하고 활용하려는 '관객'의 시선에 의해 외부의 문법 안에 갇히기도 합니다. 그때 재현되고자 했던 신체의 시간은 충분히 '극화'되지 않았거나 그 작업으로부터 소외된 부분을 갖게 되는 것 같아요.

이것은 비단 물리적 의미의 무대만이 아니라 모든 재현-무대화 행위와 연결된 문제일 수 있을 텐데요. 그런 소외의 가능성에도 불구하고 무대를 만들고 무대를 통해 어떤 신체와 시간, 목소리를 돌출시키는 일을 우리가 계속해서 꿈꾼다면, 소설 속 창작극의 커튼콜처럼 무대를 다르게 실천해가려는 고민이 함께 이루어져야 할 것 같습니다. 강보라 작가는 그 고민을 줄곧 이어오신 것으로 저는 읽었는데요. 무대라는 장치의 문법이 거듭 마음을 붙잡는 이 소설에서 작가님은 어떤 무대를 꿈꾸고 또 전망하고 싶으셨는지요. '극복' '재개' '장식' '훈장' '응시' '간직' '타오름' 같은 의미들이 배타적일 수 없는 채로 움직이는 무대로서 「바우어의 정원」을 작가님은 어떤 공간으로 그리고 계신지 궁금합니다.

강보라 소설을 쓰면서 독자를 위한 지문을 문장 여기저기에 찍어두곤 하는데요. 질문을 읽는 동안 그 지문들이 저마다 야광으로 환히 빛나는 느낌을 받았어요. 마치 저의 DNA로 가득한 범죄 현장에 특수 전등을 비춘 것처럼요. 더 이상의 설명은 어쩐지 사족이 될 것 같지만, 그래도 최선을 다해 답변해보겠습니다.

　초고를 쓰는 과정에서 이런저런 자료를 뒤적이던 중, 우연히 '자조 모임'이라 불리는 집단 회복 프로그램(미국 영화에 자주 나오는 알코올

중독자 모임 같은)에 대한 인상적인 논문을 발견했습니다. PTSD에 시달리는 사람 중 일부는 자조 모임에 참여하는 횟수가 늘어날수록 자신이 겪은 재난을 점점 더 스펙터클하게 묘사하는 경향이 있으며 눈앞의 청자를 의식해 사건의 세부를 실제와 다르게 말하기도 한다, 대략 이런 내용의 글이었던 걸로 기억하는데요(따로 출처를 메모해두었는데 어디 있는지 찾을 수가 없네요). 한마디로 내가 겪은 사건을 타인에게 전달하는 과정에서 이야기가 점차 일관성을 갖춘 픽션의 형태를 띠게 된다는 말이었습니다. 앞서 제가 목격한 오디션과도 맥락이 닿는 내용이었지요. '진술을 회피하는 것'을 PTSD의 주요 증상으로 알고 있던 저에게 그것은 아주 불가사의한 동시에 의미심장한 현상으로 다가왔습니다. 지나간 아픔과 고통을 되새김질하고 그것을 나만의 고유한 서사로 소화하는 건 다름 아닌 소설이 하는 일이니까요. 선생님의 표현을 빌리면 '재현-무대화' 행위가 하는 일 중 하나이겠고요. 저와도 무관하지 않은 그 기이한 욕망을 들여다보고 있자니 '청자'의 존재가 새삼 귀하게 느껴졌습니다. 요컨대 좋은 청자가 좋은 이야기를 낳는 것이죠. 그것이 제가 오랜 고민 끝에 얻은 한 줌의 결론인 듯합니다.

그렇다면 아직 발화되지 않은(혹은 함부로 발화되기를 거부하는) 개인의 사연은 모두 어디로 가는 것일까. 그에 대한 응답처럼 떠오른 어떤 시적 이미지가 제게는 '새틴 바우어의 정원'이었던 것 같아요. 파란색 외에는 일관성을 찾을 수 없는 물건들이 잡다하게 모인 새 둥지를 보며, 제대로 된 서사를 얻지 못한 개인의 고유한 아픔들이 불꽃처럼 푸르게 일렁이는 내면의 장소를 상상하게 되었다고 할까요. 이쯤에서 선생님의 질문에 답하자면, 외부의 시선에 흔들리지 않으면서 그 불꽃들을 좋은 이야기의 형태로 내재화하는 것이 곧 '무대를 다르게 실천하는' 방법이 아닐까 합니다. 심사위원의 인정이나 관객의 박수를 자신의 무대에 우선하지 않고, 타인의 사연에 먼저 귀 기울이는 정림처럼요.

홍성희   대학로로 향하는 민트색 모닝 안에서 정림과 은화가 대화를 나누는 부분을 여러 번 곱씹게 되었어요. 이 부분에서 정림은 오디션에서 했을 듯한 이야기를 은화에게 하고, 은화가 오디션에서 했을 듯한 이야기는 이텔릭체로 독자에게 전해집니다. 그렇게 (재)구성되고 (재)발화되는 두 사람의 이야기는 '무대'가 없는 곳에서 이루어지는 발화와 대화의 또 다른 여백에 대해 생각하게 하는 것 같아요. 특히 이 장면에서 두 사람은 "그 말을 들으니"라는 워크숍 무대에서의 대사 혹은 어법을 활용하면서 민트색 모닝 안을 두 사람만 아는 '무대' 아닌 무대로 만들어버리는데요. 그 내밀함을 소설 바깥에서 일종의 관객으로서 지켜보면서, 두 사람만의 무대에서도 미처 드러나지 않은 마음과 목소리가 있을 것을 가만히 짐작해보게 되었습니다. 민트색 모닝 안의 장면을 그리면서 두 사람의 경험과 마음의 얼마큼을 어떤 언어로 드러낼지 고민하셨을 것 같은데요. 작가님은 이 시공간의 밀도를 어떻게 느끼셨는지 이야기 나누어보고 싶습니다. 특별히 곱씹게 되는 장면이 있는지도 더불어 여쭙고 싶어요.

강보라 직접적인 발화보다는 말과 말 사이의 여백을 통해 두 사람의 마음을 어떤 공기의 형태로 전달하고 싶었어요. 그 과정에서 침묵을 대사로 활용하는 희곡의 문법을 무의식중에 빌려 온 것 같기도 하고요. 그러고 보니 자동차라는 공간도 연극 무대와 비슷한 면이 있네요. 두 인물이 운전석과 조수석에 나란히 앉은 경우는 더욱 그렇지요. 아무래도 상대방의 말에 평소보다 더 집중할 수밖에 없고, 때로는 불편한 침묵도 감수해야 하니까요. 그런 공간적 제약이 '말해지지 않은' 사연과 감정을 행간에 새기는 이 소설에 오히려 적당한 환경처럼 느껴졌던 것 같아요. 두 사람의 '마주 보지 않는' 대화가 드라마 치료 워크숍의 '마주 보는' 대화와 대구를 이루는 구조도 마음에 들었고요.

특별히 곱씹게 되는 장면은…… 정림이 동료들과 담배를 피우는 모습을 은화가 차 안에서 몰래 훔쳐보는 장면입니다(민트색 모닝과 관련 없는 답변이라 죄송합니다). 왜냐하면 실은 이 장면을 쓴 이유를 저 자신도 잘 모르겠거든요. 굉장히 무책임한 말이지만요. 소설에는 작가 자신도 모르는 미스터리한 장면이 하나쯤 있어도 좋다고 생각합니다. 작가가 이야기를 통제하려는 순간 그만큼 소설적 재미도 사라지므로…… 음, 구차한 변명이네요.

홍성희 아주 요약적으로 제시되면서도 묵직한 역할을 하고 있는 것이 무재의 학생인 초원인 것 같아요. 은화에게 '과거'가 '현재'를 따라잡은 기분을 느끼게 해주는 매개이자 실제 대면하게 될 대상으로 여겨지는 원초원에 대해 이야기를 이어가고 싶습니다. 은화가 초원을 만나겠노라 무재에게 말하겠다고 다짐하는 것으로 소설이 마무리될 때, 한편으로 그 다짐은 무재가 말하듯 '당사자'들 사이의 '공감'이 가능함을 전제로 하는 것일 수도 있어 보여요. 혹은 그보다 더 입체적으로, 오롯이 각자의 것일 은화의 오랜 비참과 무재의 외로움, 초원의 시간 사이에서 아무것도 전제하지 않는 대화를 시작해보려는 마음일 수도 있어 보입니다. 만남이 정말 이루어질지 알 수 없는 채로요. '원초원'이라는 회문 형식의 이름과 그에 대한 은화의 인상이 서술되는 부분은, 초원을 단지 서사적 장치에 그치는 인물이기보다 소설이 여기에서 마무리되지 않음을 약속하는 장소처럼 느껴지게 하는데요.

드러나면서도 감추어진 이 인물에게 정림과 은화의 민트색 모닝 같은 장소를 선물해준다면, 은화와 초원의 만남이 이루어질 곳을 어떻게 그려볼 수 있을까요.

강보라 은화의 아픔이 좋은 이야기로 환원되려면 일단 그녀 자신부터 누군가의 좋은 청자가 되어야 한다고 생각했어요. 앞서 말씀드렸듯, 좋은 청자는 좋은 이야기를 낳기 마련이니까요. 그러니까 초원과 만난 은화는 선생님의 표현처럼 '아무것도 전제하지 않은 상태로' 초원의 이야기를 듣는 시간부터 갖지 않았을까 합니다. ('원초원'이라는 회문 형식의 이름에는 그녀와 비슷한 아픔을 가진 사람들이 서로가 서로에게 좋은 청자가 되기를 바라는 저의 은근한 소망이 담겨 있어요.)

선생님의 질문을 읽는 동안 이전에 쓴 초고의 내용이 떠올라 잠시 웃었습니다. 「바우어의 정원」은 본래 은화와 초원의 이야기였거든요. 그런데 쓰다 보니 의도치 않게 둘 사이에 미묘한 권력관계가 형성되더라고요. 그도 그럴 것이, 은화는 이미 어른인 데다 배우로서 얼마간

성공한 사람이기도 하니까요. 중심인물 사이에 위계가 생기니 이야기가 금세 딱딱해졌습니다. 교조적인 메시지로 가득한 최악의 청소년 성장소설이 되고 말았어요. 이건 아니다 싶어 1년 넘게 묵혀두었다가 다시 원고를 꺼냈는데 갑자기 정림이 뿅! 하고 나타났습니다. 눈에 젖은 머리카락이 얼굴에 달라붙은 채로요.

초고에서 은화와 초원의 만남이 이루어지는 장소는 다름 아닌 연극 무대였습니다. 비슷한 아픔을 공유한 두 사람이 몇 차례 엇갈린 끝에 마침내 한 무대에 서는 결말을 그려본 것인데요. 좀더 구체적으로 말씀드리면, 두 여자가 무대 위에서 비언어적 몸짓을 주고받는 장면을 고민했었어요. 예를 들어 초원이 고릴라처럼 손바닥으로 가슴을 두드리면, 반대편에 선 은화가 똑같이 자신의 가슴을 세차게 두드리며 초원의 고통에 응답하는 식으로요(실은 당장 적당한 액션이 떠오르지 않아서, 제가 좋아하는 연극의 마지막 장면을 임시로 빌려 왔습니다). 정확히 설명할 순 없지만 어쩐지 그것이 이들에게 걸맞은 공감의 표현처럼 느껴졌습니다. 때로는 몸짓이 언어보다 더 솔직할 때가 있으니까요.

홍성희 마지막으로 강보라 작가의 소설에 새겨진 시차의 감각에 대해 이야기 나누며 대화를 마무리하고자 합니다. 앞서 발표한 여러 소설에서는, 초점이 되는 인물이 과거에 겪은 것을 현재 시점에서 회상하고 서술하는 구조가 주로 활용되었던 것 같아요. 재구성 과정에서 인물이 기억하는 것과 기억하지 않는 것을 구분하고, 기억을 사후적 문장으로 고정하는 작업의 의미를 메타적으로 살펴오신 것으로 읽었습니다. 하여 강보라 작가의 소설을 읽을 때는 소설에서 그려지는 시간의 모습과 그 모습을 그리는 문장의 움직임을 함께 살피게 되었는데요. 이번 소설에서는 조금 다르게, 과거를 회상하는 작업보다 현재에 그것을 재현하는 작업 자체가 전면화되어, 읽기의 무게가 현재에 더 가깝게 놓이게 된 것 같아요. 그 가운데 인물들의 이야기에서 기억나지 않는 것, 유폐되어버린 시간에 대한 감각은 상대적으로 투명하게 감추어진 것 같다는 생각이 들었습니다. 「아름다운 것과 아름답지 않은 것」(『문학들』 2024년 여름호)에서 기억할 수 없거나 알아차릴 수 없던 것들을 아득해하기보다 "내가 만든 세계"의 '진실'을 믿고 그 믿음의 내력을 구축해가는 작가를 그리기도 하셨는데요. 「바우어의 정원」 마지막 문장 이후, 작가님께 과거와 현재, 기억과 문장 사이의 거리는 어떤 감각을 향해 나아가고 있을지 궁금합니다.

강보라 예전에 팟캐스트에서 권여선 작가님이 하신 말씀이 문득 떠오르네요. 나이에 따라 어떤 특정 시기의 기억을 곱씹게 된다는 이야기였는데요 (오십대에는 사십대를, 육십대에는 이십대를 반추하는 식으로). 사십대인 제가 그 회상의 감각을 감히 다 짐작할 수는 없겠지만, 저 역시 소설을 쓰면서 저만의 기묘한 시차와 기억의 재배치를 경험하곤 해요. 어쩌면 소설을 쓴다는 건 무심결에 흘려보낸 기억의 틈을 더듬더듬 메우는 일인지도요. 선생님의 표현과 저의 표현을 어울러보면, '내가 만든 세계의 진실을 믿고 그 믿음의 내력을 그때그때 구축'하면서요.

요즘은 소설을 쓰면서 자의적으로 다룰 수 있는 것이 거의 없다는 느낌을 받습니다. 시간에 대한 감각도 마찬가지인 것 같아요. 아득한 과거를 따라잡은 순간, 누군가 제 목덜미를 낚

아채 새로운 굴속에 던져놓는 느낌이랄까요. 이렇게 말하니 꼭 땅속 깊이 파묻힌 두더지가 된 기분이네요. 요령을 모르니 일단은 땅굴이나 파면서 매 순간 날이 풀리기를 기다리는 수밖에요.

스무드

성해나

2019년 『동아일보』 신춘문예를 통해 작품 활동을 시작했다.
소설집 『빛을 걷으면 빛』 『혼모노』, 장편소설 『두고 온 여름』
등이 있다.

제프의 방한은 이번이 세번째였고 나는 처음이었다.

맙소사. 제프는 물었다.

듀이, 어떻게 그럴 수 있죠?

나는 어깨를 으쓱했다.

미국인이니까요.

제프를 포함해 회의에 참석한 이들 모두 가볍게 웃음을 터뜨렸다.

제프의 매니저는 나를 비롯해 총 셋이었다. 그중 내가 한국에 가게 된 이유는 팀 내 유일한 동양인이기 때문이었다. 최근 제프가 컬러블라인드에 관심을 가지며 유색인종 몇 명이 채용되었지만 동양인은 여전히 나 하나뿐이었다. 제프를 따라 웬만한 나라는 다 가보았으나 동북아는 처음이었다. 그것도 한국이라니. 〈하와이 파이브 오〉에 나오는 한국이 떠올랐다. 뱀술이나 개고기를 파는 상점이 즐비한 우범지대, 낡고 부서진 건물들을 상기하며 제프에게 물었다.

거기 위험하지는 않을까요?

내 물음에 제프는 눈을 크게 떴다.

정말 아무것도 모르는군요, 듀이. 나보다도 더 미국인 같네요.

6월 24일 오후 비행기로 한국에 도착했다. 제프는 도쿄 모리미술관에서 일정을 소화한 뒤 화요일 밤 비행기로 입국하기로 했고, 나는 하루 먼저 한국에 방문해 공간을 살피기로 했다.

제프의 작품이 전시될 곳은 한국의 수도 서울에 있는 한 아파트였다. 한국의 스타 건축가가 설계한 이 아파트 4층에는 갤러리가 있었다. 한 층이 통째로 갤러리로 사용되어 쾌적했으며 층고도 높았다. 데이비드 호크니, 세실리 브라운, 데이미언 허스트의 작품이 이미 이곳에 전시되었고 이번에는 제프의 작품이 전시될 차례였다.

아트 핸들러가 삼중으로 포장된 미술품을 조심스럽게 운반하는 동안 나는 큐레이터와 인사를 나누었다. 그녀는 자신을 '리'라고 소개했다. 시카고 예술대학에서 미술사학을 전공한 리는 한국인이지만 영어를 유창하게 구사했다. 리를 따라 갤러리 동선을 살피고 디스플레이에 관해 상의했다. 갤러리는 사적인 동시에 권위적이었다. 바닥에 따뜻한 색감의 원목을 깔아 집에서 작품을 감상하는 듯한 느낌을 주었고, 전시 공간에 흔히 보이는 통창 대신 고측창을 설치해 외부 시야를 철저히 차단하고 있었다. 리는 갤러리를 포함한 이 아파트의 모든 공간엔 주민만 출입할 수 있다고 설명했다. 즉 휘트니미술관을 모방한 이 위용 넘치는 공간을 누릴 수 있는 건 입주민뿐이라는 뜻이었는데, 그게 이상했다.

대단히 차별적이군. 한국은 이런 나라인가.

이런 작은 나라에 갤러리가 딸린 아파트가 있고, 그 갤러리에 큐레이터까지 상주해 있다는 것부터 의아했으나 리에게는 내색하지 않았다.

이번 전시에서는 제프의 대표작인 「셀레브레이션」 연작과 함께 신작 「스무드」가 선공개될 예정이었다. 높이 2미터에 달하는 「스무드」는 구의 형태를 띠고 있었다. 스테인리스스틸을 미끈하게 세공한 검은색의 구. 「스무드」를 올려다본 리는 탄성을 터뜨리며 한국 사람들이 유독 제프의 작품을 좋아한다고 했다. 제프를 따라 9개국을 돌며 나는 늘 비슷한 이야기를 들어왔다. 누구나 제프의 작품을 좋아했다. 제프의 작품에는 분노도 불안도 결핍도 없었다. 바버라 크루거나 뱅크시의 작품처럼 사회 비판이 감추어져 있지도 않았다. 사전 지식 없이도 감상할 수 있었으며 안다고 크게 달라질 것도 없었다. 사람들이 제프를 좋아하는 이유는 그 때문이었고 나 역시도 그런 매끈한 세계를 추앙했다.

리와 상의하여 「스무드」를 갤러리 중앙에 설치했다. 리는 「스무드」를 유심히 살피며 전작과 비교해 차별성이 두드러진다고 말했다.

구 안쪽에 뭔가 숨겨진 것 같기도 해요.

제프의 작품에는 의도도 동기도 비밀도 없었다. 작품 의도를 물을 때마다 제프는 그저 어깨를 으쓱하고 말았다. 굳이 의미를 붙일 필요가 있냐는 듯이. 나는 「스무드」를 가만히 응시했다. 광택이 도는 구의 표면에 나와 리가 비쳤다. 흰 셔츠를 입은 동양인 둘이. 리는 이 작품을 소장하려는 입주민이 많을 거라 단언했다.

제프다운 작품이니까요.

그 말에는 나도 동의했다. 리의 말처럼 「스무드」는 제프다운 작품이었다.

●

작품 설치를 마친 뒤 리에게 이 시설의 중역이라는 남자를 소개받았다. 남자의 이름을 발음하기까지 나는 꽤 애를 먹었다. 남자는 내 손바닥에 철자를 적어가며 친절히 발음을 일러주었지만 나는 끝내 제대로 발음하지 못했다. 보스턴에 사는 미국인 친구도 자기 이름을 발음하기 어려워했다며 남자는 자신을 코너라고 부르라 했다. 코너의 영어 역시 훌륭했다.

저녁을 먹기 위해 그들과 2층에 있는 레스토랑으로

내려갔다. 식사는 입주민을 위한 뷔페식으로 차려졌으나 별도의 예약을 거치면 미슐랭 셰프의 코스 요리도 맛볼 수 있다고 코너는 설명했다. 이 역시 입주민을 위한 특별 서비스라고 덧붙이기도 했다.

이 안에서 모든 게 가능하네요.

적자는 없냐는 내 물음에 코너는 미소 지었다. 뭘 그런 걸 걱정하냐는 듯.

노 프라블럼.

코너는 셰프가 나를 위해 특별히 한정식을 준비했다고 했다. 고국의 음식이 그리울 거라는 판단에 각별히 신경 썼다는 코너의 배려에 나는 조금 당혹스러워졌다.

애피타이저로 청어 요리가 나왔다. 청어를 감싼 빳빳한 녹색 천을 가리키며 이게 뭐냐고 묻자 리는 '감태'라고 말해주었다. 그것을 걷어내려 하자 리가 손을 내저었다.

그것도 먹는 거예요.

'감태'는 '김'의 사촌 격이며 미슐랭 셰프들도 즐겨 쓰는 별미라는 리의 설명이 잘 이해되지 않았지만 알아들은 척 고개를 끄덕였다. 젓가락질이 익숙지 않아 몇 번의 시도 끝에 겨우 그것을 집어 먹을 수 있었다. 쌉쌀하고 비리고 생경한 맛이 입안에 퍼졌다.

리와 코너는 나와의 접점을 찾으려 이런저런 화두를

던졌다. 내가 위스콘신에서 나고 자랐다고 하자 리가 자신도 중서부에 살았다며 달마다 H마트에 들러 '김치'와 '라면'을 집히는 대로 구입했던 유학 시절 일화를 들려주었다.

다른 건 다 적응돼도 입맛은 도저히 적응 안 되더라고요.

맞아요. 한국인이면 다 그렇죠.

코너도 해외 출장이 잡히면 튜브형 '고추장'을 여러 개 챙긴다고 말을 보탰다. 한국 음식 중 무엇을 가장 좋아하느냐는 코너의 물음에 나는 잘 모르겠다고 답했다. 내 부모는 2세대 이민자이자 한국계였지만 한식을 전혀 먹지 않았고, 한인 식당에 가지 않았다.

사실 '김치'도 먹어본 적 없어요.

코너와 리의 얼굴에 물음표가 떠올랐다. 어떻게 그럴 수 있냐는 듯. 하지만 아주 잠깐이었고 리는 곧 그럴 수 있다며 내 말을 수긍했다.

잘됐네요. 새로운 경험이 되겠어요.

그렇게 말하며 리는 '김치'를 내 앞으로 밀어주었으나 코너는 미심쩍다는 듯 중얼거렸다.

이상하네요. 농담하는 거 아니죠?

이게 이상한 일인가. 백인만 거주하는 동네에 평생 살아왔다면, 부모와 어울리는 이들 중 동양인이 한 명도

없었다면 충분히 그럴 수 있는데…… 나는 쿨하게 대꾸
했다.

농담이라뇨. 미국인들은 다 나 같을 거예요.

메인 디시가 나오는 동안 그들은 맛이 어떠냐는 질문
을 줄곧 해댔고, 식재료와 소스에 대해 자세히 설명해주
기도 했다. 그때부터는 나도 서툰 젓가락질을 그만두고
포크와 스푼을 사용해 음식을 먹었다. 양배추로 만드는
줄 알았던 '김치'는 예상외로 아삭하거나 단단하지 않고
물렀다. 투명하고 젤리처럼 미끄덩거리는 '무크'라는 요
리는 식감이 요상했으며, 매운 소갈비는 너무 자극적이
라 씻어 먹을지 말지 수차례 고민했지만, 그들의 성의를
생각해 조금씩 맛보며 식감이 재미있네요, 알싸하지만
이색적인 맛이군요, 따위의 감상을 내놓았다.

화제는 제프의 신작에 대한 호평으로 흘러가다 한국
식 전골 요리가 나올 즈음에는 K아트로 빠졌다. 리는 내
가 한국 배우와 닮았다고 했다. '우식 초이'를 아냐는 리
의 말에 나는 어색하게 웃으며 그 배우의 이름을 인스
타그램에 검색해보았다. 팔로워가 천만에 이르는 배우
였는데도 생소했다. 나와 닮았는지는 더더욱 알 수 없었
고. 리와 코너는 그 배우가 출연한 영화를 몇 편 언급했
지만 제목조차 들어본 적 없었다. 한국에 오기 전 이런
저런 정보를 알아보긴 했으나 내가 수집한 것들 — 한국

의 국기를 '타이극기'라고 부르며, 집 안에선 신발을 벗어야 한다는 것 따위—은 파편적이고 피상적인 정보일 뿐이었다. 두 사람은 한동안 한국 예술의 성취에 관해 이야기했다. 리는 구겐하임미술관에서 대규모 개인전을 연 작가에 대해, 코너는 이 아파트를 지은 건축가가 얼마 전 프리츠커상 후보에 올랐다는 것에 대해 말했다. '가장 한국적인 것이 가장 세계적'이라고 하는 그들의 애국심에 감탄하면서도 속으론 다소 과하다고 느끼기도 했다.

그들은 내게 한국에 방문한 소감을 물었다. 뭐라도 말해야 할 것 같아 나는 공항에서 이곳까지 오는 동안 느꼈던 것을 짧게 술회했다.

목가적인 풍경을 기대했는데 고층 빌딩이 정말 많더군요. 차도 많고요.

시클로나 오토바이로 도로가 혼잡할 줄 알았으나 교통이 좋아 감탄했다고 하자 리와 코너가 서로 마주 보며 어색하게 웃었다. 실수한 건가. 의외로 청결하고 진보적인 나라 같다고 하려던 것을 완곡히 표현한 것이었으나 그들의 표정을 보니 가감 없이 말했다면 더 난처했겠구나 싶었다. 때마침 디저트가 나왔다. 감으로 만든 셔벗을 먹으며 나는 그들에게 이 근방의 괜찮은 관광지를 추천해달라고 했다. 딱히 관심 있는 건 아니었으나 이로써

화제를 자연스럽게 돌릴 수 있었다. 코너는 단지 내 산책로를 거닐어보라고 권했다. 굽이진 산책로를 따라 아열대 지방에서 수입한 자카란다나무가 죽 심겨 있어 풍광이 근사하며 지하로 내려가면 널찍한 성큰가든도 조성되어 있다고 했다.

마사지 숍은 없나요?

제프의 전시 때문에 싱가포르에 들렀을 때 마사지를 받은 적 있는데 가격도 싸고 뭉쳐 있던 근육이 풀려 느낌이 좋았다고 하자 코너가 난색을 표했다.

한국은 마사지로 유명한 곳은 아니에요. 마사지 숍은 대체로…… 비싸기도 하고요.

코너는 고민하다 근처에 고궁이 있으니 구경하는 것도 나쁘지 않겠다고 했다. 차를 타면 얼마나 걸리냐 묻자 코너가 웃으며 고개를 저었다.

걸어서도 갈 수 있어요. 하지만 굳이 안 가도 괜찮아요. 바깥은 시끄럽고 번잡하거든요. 이 안에서 더 편안한 시간을 보낼 수 있을 거예요.

리도 코너를 거들었다.

마사지 대신 16층에 있는 건식 사우나를 체험해보는 건 어때요? 입주민만 이용할 수 있지만 **우리**가 미리 말해두면 되니까요.

건식 사우나라. 마사지면 몰라도 처음 보는 이들과 벌

거벗은 채 땀을 빼고 열을 식히는 문화 체험이 나는 도무지 내키지 않았다. 과장해 말하면 공포스럽기도 했고.

감 셔벗은 서걱서걱한 식감이 마음에 들지 않아 거의 먹지 않았다. 리와 코너가 음식이 입에 맞았는지 물어보았다. 그들을 향해 나는 고개를 끄덕여 보였다.

●

간밤에는 단잠을 잤다. 게스트 룸의 침구는 적당히 푹신했으며 방 안에서는 시트러스 향이 기분 좋게 풍겼다. 아파트 3층에는 총 네 개의 게스트 룸이 있었고 내가 묵는 방에는 테라스가 딸려 있었다. 테라스로 통하는 미닫이문을 열자 석재가 깔린 모던한 정원이 펼쳐졌다. 메인 화단에는 깔끔히 전정된 측백나무가 심겨 있었고, 대형 플랜트 박스에는 세이지, 제라늄 같은 여름꽃이 탐스럽게 피어 있었다.

나는 적응이 빠른 사람이었다. 처음에는 감압실처럼 느껴지던 이곳도 시간이 지나니 더없이 쾌적하고 편안하게 느껴졌으며 프라이빗하다는 점 또한 마음에 들었다. 바깥에서 소음이 들려오긴 했지만 화단 뒤로 목재 패널이 촘촘히 둘러져 있어 어디서 누가 무슨 말을 하는지 알 수 없었다. 애초에 한국말이라 제대로 알아들을 수 없기도 했고.

테라스에 놓인 빈백에 누워 노트북을 열었다. 제프의 일정을 조율하고 경영진과 미팅을 하며 한가롭게 오전 업무를 보는 와중에 아파트 관리인이 찾아왔다.

좋은 아침입니다. 필요한 게 있으시다고요?

그의 영어 발음은 거슬림 없이 매끄러웠다. 제프와 나는 전시가 있는 나흘간 아파트 게스트 룸에 묵기로 되어 있었다. 제프는 온도와 습도에 민감했고 침구의 질감이 조금이라도 거칠면 잠을 이루지 못했다. 관리인은 실내 습도를 45퍼센트, 온도를 26도로 조절한 다음, 모달과 리넨 침구 중 무엇이 좋을지 물었다. 고민하다 모달을 골랐다. 더 필요한 게 없냐는 관리인에게 나는 제프가 오전 10시부터 한 시간 동안 명상을 한다고 전했다. 관리인은 그 시간엔 하우스키퍼의 출입을 금하겠다고 답했다. 모든 게 순조로웠다.

대략적인 업무를 마치고 커피를 내린 뒤, 아버지에게 메시지를 보냈다.

[저 지금 한국에 있어요]

이모지를 붙일까 하다 그만두었다. 어머니의 권유로 아버지에게 간간이 안부를 전하고 있었지만 관성처럼 행할 뿐이었고 때로는 성가시기도 했다. 건조하게 주고받는 안부 외에 아버지와 달리 나눌 만한 것도 없었다.

어떻게 하면 대화를 빠르게 끝맺을지 고민하는 것도 일이라면 일이었다.

화단에서 옅은 꽃향기가 풍겨 왔다. 바람이 불 때마다 선셰이드가 부드럽게 펄럭였고 목재 패널 너머에서는 해석할 수 없는 말소리가 신경을 거슬리지 않을 정도로 잔잔히 들려왔다. 마치 휴양지에 머무는 것 같았다.

한국은 이런 나라구나.

예상과 달리 이곳은 위험하거나 두려운 우범지대가 아니었다.

아버지도 한국에 와본 적이 있을까.

불현듯 그런 생각이 들었다.

유년기에 미국으로 입양된 어머니는 자신이 사우스 코리안인지, 노스 코리안인지도 알지 못했지만 아버지는 달랐다. 다만 아버지는 늘 자신의 출신과 배경을 숨겼다. 그에게는 'Yongbok'이라는 미들네임도 있었으나 누군가와 통성명을 할 때 한 번도 그에 관해 언급한 적이 없었다. 간혹 누가 출신에 관해 물으면 아버지는 위스콘신 태생이라고 자신을 소개했고, 나에게도 이를 주입했다.

듀이, 우린 미국인이야.

어린 시절 아버지의 서재에서 책을 읽다 책엽에서 사진 한 장을 발견한 적 있다. 앳된 얼굴의 아버지와 한 중

년 남성이 자동차 보닛에 앉아 어깨동무하고 있는 사진
이었다. 남성은 동양인이었으며 아버지처럼—그리고
나처럼—체구가 작고 눈꼬리가 살짝 처져 있었다. 짐
작건대 아버지의 아버지인 듯했다. 나는 의기양양해진
채로 아버지에게 달려가 할아버지를 찾았다고 외쳤다.
사진을 건네주며 본 아버지의 표정은 지금도 잊을 수 없
다. 그는 끔찍한 것을 본 것처럼 창백하게 질리더니 사
진을—잘 찢어지지도 않는 그것을—갈기갈기 찢었
다. 그리고 소리쳤다.

내 서재에 함부로 들어가지 마.

그 후론 그 사건에 관해 논한 적도, 할아버지에 관해
물은 적도 없다. 다른 누군가에게 이런 얘기를 꺼낸 적
도 없다. 사춘기가 지난 후로는 아버지나 그의 고국에
관한 궁금증마저 사라졌다. 간혹 누군가 내게 중국계인
지 한국계인지 물으면 대수롭지 않게 미국인이라고 답
하곤 했다. 이제 나에겐 그것이 당연했다.

볕이 잘 드는 테라스는 환하고 아름다웠다. 이곳에
서 지내는 나흘간은 불안도 결핍도 매끈하게 깎여나갈
것 같았다. 내게 이곳은 잠시 거쳐 가는 경유지로 충분
했다.

나른한 해이에 취해 사진을 몇 장 찍었고 그중 한 장
을 아버지에게 전송하려다 마음을 바꾸었다.

관심 없겠지.

빈백에 누워 일광욕을 즐길 때 노크 소리가 들려왔다. 관리인이었다. 그는 곧 룸을 정비할 시간이라며 하우스키퍼가 청소하는 동안 레스토랑에 내려가 점심을 먹거나 3층에 있는 공유 오피스에서 업무를 보면 어떻겠냐고 물었다.

아니면 건식 사우나를 예약해드릴까요?

오전 11시였고 제프의 입국까지 서너 시간 정도 여유가 있었다. 시간을 가늠하다 외출하기로 했다. 구경하고 싶은 것도, 궁금한 것도 없었지만 건식 사우나보다는 그 편이 나을 것 같았다.

●

아파트 단지에서 나와 구글 맵을 켰다. 코너가 이야기한 고궁에 가려면 20분을 걸어야 했다. 경로를 따라 '종로'로 향했다.

'종로'는 꽤 청결하고 볼거리가 많은 곳이었다. 한국 전통 의상을 입은 이들도 보였고 목재와 적색 벽돌로 마감된 개성 있는 건물도 이목을 사로잡았다. 계획 없이 낯선 장소를 누비는 게 오랜만이라 초반에는 흥분도 되었으나 그것도 잠깐이었다.

나는 비교적 빈틈없는 편이었지만 룸 정비 시간 때문에 급하게 나온 탓에 휴대전화 배터리가 얼마 남지 않았다는 것을 잊었고 그 사실을 깨닫자 평정을 잃었다. 조급해진 나머지 허둥지둥 고궁으로 보이는 곳에 들어갔는데 그렇게 들어간 목조건물은 알고 보니 사원이었고, 박물관이라 여겨 방문한 곳은 들여다보니 한국식 디저트를 파는 가게였다.

'종로'는 예측 불가한 곳이었다.

나는 부주의한 편이 아니었지만 매듭 문양이 새겨진 보도블록을 구경하다 마주 오던 사람과 부딪힐 뻔했고, 묵직한 십자가를 등에 진 이교도나 기니피그를 산책시키는 기인을 보고 충격을 받은 나머지 엉뚱한 길로 빠지기도 했다. 인자한 미소를 띤 채 '가부좌'를 틀고 있는 석상, 쇼윈도에 전시된 붉고 노랗고 파란 색색의 장신구, 길목마다 놓인 험상궂은—화가 나 있지만 자세히 보면 웃는 것 같기도 한—표정의 목각 인형…… 온갖 토템과 심벌로 가득 찬 거리를 빠져나오자 대형 전광판을 단 고층 빌딩과 다차선 도로가 펼쳐졌다.

What the…… hell?

도시 전체가 동선이 복잡한 갤러리 같았다. 한군데에 정신 팔면 순식간에 다른 길로 접어들었고 그렇게 길을 헤매다 보면 삽시간에 풍경이 뒤바뀌어 있었다. 갈팡질

팡하며 시간을 허비하다 보니 휴대전화 배터리도 급속
도로 방전되어갔다.

습도는 낮았지만 여름볕이 강렬했다. 겨드랑이가 축
축해졌고 땀냄새도 나는 것 같았다. 아파트의 산뜻한 공
기와 흠잡을 데 없이 완벽한 시설이 그리워졌다.

차라리 건식 사우나가 나았을 텐데.

흐르는 땀을 닦으며 도로 한복판을 정처 없이 누비는
동안 기력이 차차 다해갔다. 성조기를 발견한 건 더위와
인파에 어지럼증을 느낄 즈음이었다. 조국의 국기가 보
이자 혼미했던 정신이 차차 맑아졌다. 성조기와 '타이극
기'를 든 이들이 대열을 이루며 어딘가로 질서정연하게
향하고 있었고 경찰이 그들을 호위하고 있었다.

저들이라면 나를 도와줄 수 있지 않을까.

재빨리 행렬에 섞였다. 주변을 살피다 손바닥만 한 성
조기를 흔들며 걷는 중년 여성에게 물었다.

왜 성조기를 들고 있는 거죠? 지금 어디로 가는 거예
요?

내 물음에 여성은 한국어로 무어라 중얼거렸는데 그
뜻을 도무지 유추할 수 없었다. 그녀는 영어를 전혀 못
하는 것 같았다. 번역 앱을 켠 다음 자판을 쳤다.

지금 뭘 하고 있는 거예요?

여성은 눈을 가늘게 뜨고 고개를 뒤로 뺀 채 휴대전화

화면을 연달아 확대했다. 음성 번역을 돌렸으나 행렬 선두에서 들리는 시끄러운 노래와 확성기 소리, 차도에서 울리는 경적 때문에 말이 제대로 전달되지 않았다. 휴대전화 배터리는 이제 5퍼센트밖에 남아 있지 않았다. 여성이 한국어로 무슨 말을 했지만 역시 한마디도 알아들을 수 없었다. 불통이 이어졌으나 어떻게든 대화를 이어보려는 듯 그녀가 나를 붙잡고 놔주지 않아 더 곤혹스럽기도 했다.

무슨 말을 하는지 알아듣기 힘드네요. 도대체 다들 여기서 뭐 하고 있는 거예요?

답답함을 억누르며 앞서 걷는 긴 행렬과 성조기를 가리켰다. 그녀는 우물쭈물하다 무언가 떠오른 듯 느닷없이 손바닥을 마주쳤다.

축제!

서툰 영어로 그녀는 축제, 축제 반복해서 말했다. 그녀의 말을 곰곰이 곱씹으며 펄럭이는 성조기와 '타이극기'를 바라보았다. 독립기념일이 있는 6월 마지막 주였다. 고국에서도 축제를 준비하고 있을 것이었다. 집집마다 음식을 준비하고 거리엔 국기가 걸리고 인부들은 퍼레이드가 열릴 길을 미리 정비하고 있겠지. 한국의 독립기념일도 오늘인 걸까. 수많은 이가 국기를 들고 행진하는 걸 보니 그 비슷한 축제가 열리는 중인 것 같았다. 사람들의 걸음은 당당했고 생기와 여유가 넘쳐흘렀다. 카메라로 행렬을 부지런히 찍는 이들도 보였다. 지나오면서는 백인이나 흑인도 드문드문 봤던 것 같은데 이 행렬에 선 이들은 동양인뿐이었다. 두리번대다 중년 여성에게 물었다.

혹시 휴대전화를 충전할 만한 곳이 있을까요?

그녀가 알아들을 수 있도록 나는 같은 말을 아주 천천히 되풀이했다.

도와줄 수 있어요?

보디랭귀지까지 섞자 그녀는 그제야 따라오라는 시늉을 했다. 내가 뒤처지자 손을 잡아끌기도 했다. 그녀의 손은 뼈마디가 느껴질 정도로 단단했고 마른 나뭇잎처럼 버석거렸다. 느닷없는 터치에 놀란 나를 향해 그녀는 괜찮다는 신호를 보냈다.

오케이, 오케이.

이미 너무 멀리 와버렸다는 생각이 들었다. 거슬러 가도 길을 찾지 못할 게 분명했다. 고궁 따위는 잊고 그녀와 함께 행렬을 뒤따랐다.

행진하던 이들은 앞에 거대한 산이 드리워져 있고 뒤에는 청동상이 세워진 너른 광장에 멈추어 섰다. 광장한가운데 세워진 간이 무대를 기점으로 수십 명의 사람들이 분주히 축제를 준비하고 있었다. 중년 여성은 무대 앞에 깔아둔 플라스틱 의자에 나를 앉히더니 눈을 맞추고 한 손으로 가슴을 쓸어 보였다. 긴장 풀라는 뜻인 것 같았다. 여기서 기다리라는 제스처를 취해 보인 뒤 그녀는 이내 한 무리의 사람들 틈으로 사라졌다. 초조한 심정으로 휴대전화를 확인했다. 급하게 회신해야 할 업무 메일 한 통과 제프에게서 온 메시지 그리고 아버지의 답장이 도착해 있었다. 업무 메일에 회신하고 모리미술관에 도착했다는 제프의 메시지에 답을 하려던 순간 휴대전화가 꺼졌다.

젠장.

아득해졌다. 어딜 둘러봐도 한국인뿐이었고 들려오는 말은 전혀 알아들을 수 없었다. 유일한 통신망도 끊긴 상황에 섣불리 움직였다간 무슨 일이 벌어질지 몰라 의자에 앉아 여성이 오기만을 기다렸다.

녹색 로고가 새겨진 티셔츠를 입은 노인 넷이 저 앞에서 커다란 성조기와 '타이극기'를 설치하고 있었고, 사이드에서는 같은 티셔츠를 입은 노인 둘이 무대 양옆의 스피커를 체크하고 있었다. 아이들도 있었고 내 또래의 젊은 사람도 듬성듬성 보였으나 축제의 주를 이루는 건 분명 노인들이었다. 어디를 둘러보아도 노인의 수가 우세했다.

한국은 고령화 국가인가.

기묘하긴 했지만 범세계적으로 고령화 비율이 높아지고 있다는 뉴스가 떠오르기도 했고, 얼마 전 플로리다로 이사 간 친구가 자기 동네는 어딜 가나 지독한 베이비 부머뿐이라고 토로했던 것이 기억나 대수롭지 않게 넘겼다.

한국은 더 심각한가 보군.

왈도*를 찾듯 단체 티셔츠를 입은 노인들 틈에서 축제를 즐기는 젊은 층을 골라냈다. 휠체어 탄 자녀를 데리고 축제에 참여한 부모, 한 손에는 '타이극기'를, 다른 한 손에는 설탕으로 코팅된 과일을 든 귀여운 소녀, 말 걸기 꺼려질 만큼 기괴한 페이스 페인팅을 한 젊은 남성…… 개중에는 얼굴을 찌푸리고 귀를 막은 채 축제장을 지나치는 행인들도 있었다. 착각일 수도 있지만 그들이 나를 경멸 어린 눈길로 쏘아보는 것 같기도 했다.

왜일까. 내가 외국인이라서?

나를 도와줄 사람은 좀처럼 찾기 어려웠다.

중년 여성은 왈도를 열 명 정도 찾았을 때에야 돌아왔다. 그녀 곁에 한 할아버지가 서 있었다. 주황색 선팅이

---

* 마틴 핸드퍼드의 그림책 『월리를 찾아라』의 주인공을 북미에서는 '왈도'라고 부른다.

옅게 들어간 선글라스를 쓴 할아버지는 온몸을 '타이극기'로 두르고 있었다. '타이극' 마크가 새겨진 모자, 마찬가지로 '타이극' 마크가 크게 프린팅된 조끼, 어깨에 멘 배낭에도 '타이극기' 배지가 여러 개 붙어 있었다.

애국심이 넘치는 남자네.

중년 여성은 무뚝뚝한 인상의 할아버지를 가리키며 엄지를 치켜세웠다. 대략 그가 영어에 능통하다고 하는 것 같았다. 그녀가 할아버지와 한국어로 대화를 나누다 떠나고, 할아버지와 나 둘만 남겨졌다. 할아버지가 내 옆에 앉았다.

만나서 반갑습니다. 나는 미스터 김입니다. 당신의 이름은 뭡니까?

발음은 어설펐으나 모국어를 들으니 안도가 밀려왔다. 눈물이 날 것 같기도 했다. 나는 그에게 상황을 상세히 설명했다. 내 이름은 듀이고 미국에서 왔으며 한국어는 전혀 못 하고 휴대전화 전원이 꺼져 당장 충전을 해야 한다고. 미스터 김이라는 할아버지는 입을 반쯤 벌린 채 내 얘기를 들었다.

천천히. 나는 영어를 못합니다.

영어를 못 한다고요?

아뇨, 조금. 조금 합니다.

중년 여성의 말과 달리 그는 회화에 미숙했다. 문법도

엉망이었고, 남부 사투리를 하듯 말끝에 악센트를 실었
는데 그 독특한 발음 탓에 그가 무슨 말을 하는지 눈빛
이나 어조를 살피며 겨우 짐작할 수밖에 없었다. 그래도
의지할 만한 구석이 있다는 건 확실히 위안이 되었다.
무인도에서 구명보트를 발견한 기분이랄까. 비록 공기
가 다 빠진 보트였지만 말이다.

나는 인내심을 발휘해 휴대전화 배터리를 충전해야
한다고 미스터 김에게 또박또박 이야기했다. 다행히 말
이 통한 건지 미스터 김이 메고 있던 배낭을 뒤적였다.
작은 배낭 안에서 벽돌만 한 외장 배터리 세 대가 차례
로 나왔다. 세 대 모두 배터리 양은 넉넉했으나 불행하
게도 내 휴대전화에 맞는 충전 케이블이 없었다.

빌어먹을.

머리를 싸맸다. 패닉에 빠진 내 옆에서 미스터 김은
맞지 않는 케이블을 휴대전화에 억지로 꽂으려 했다. 헛
수고였다. 난감해하며 턱을 긁적이던 미스터 김이 대뜸
물었다.

배고픕니까?

밥 먹었냐는 제스처를 취하는 미스터 김을 보며 나는
허탈하게 웃었다. 이 상황에 밥이라니. 내가 웃자 그도
따라 웃었다. 그의 윗입술이 말려 올라갔다. 앞니에 금
으로 된 크라운이 씌워져 있었다. 뜬금없이 마이크 타이

슨이 떠올랐고, 그러자 이상하게도 긴장이 풀렸다. 허기도 느껴졌다. 전원이 꺼진 휴대전화를 보여주며 미스터 김에게 말했다.

배고파요. 하지만 나는 시간이 많지 않아요. 휴대전화도 충전해야 하고요.

내 말을 알아들은 건지 미스터 김이 흔쾌히 말했다.

노 프로블롬.

미스터 김은 사교성이 뛰어났다. 축제장에 그를 모르는 사람이 없었고 간간이 악수를 하며 수많은 이들과 인사를 나누었다. 미스터 김은 내용을 알 수 없는 전단지를 나누어 주는 노인들과도, 삼각대를 들고 축제 현장을 촬영하는 노인들과도 악수했다. 흡사 대선 후보처럼. 그와 함께 그들의 베이스캠프라는 커다란 천막으로 향하는 동안 나는 온갖 노인들로부터 전단지와 명함을, 견과류와 건조 과일이 담긴 지퍼백을 그리고 종이컵에 담긴 커피까지 건네받았다. 거절할 틈이 없었고 곧 양손이 무거워졌다.

천막에 도착해서도 미스터 김은 누군가와 인사를 하고 어깨를 감싸안으며 알은체했다. 이렇게 많은 한국인에게 둘러싸인 건 처음이었다. 그들은 내게 한국어로 끊임없이 말을 붙였고 자꾸 무언가를 나누어 주었다. 머리

에 녹색 두건을 두른 노부인에게 물과 도시락까지 받아
들자 정말 손이 모자랐다. 노부인에게 도시락 값으로 얼
마를 주면 되는지 묻자 미스터 김이 손을 내저었다.

무료입니다. 모두 무료예요.

그들의 과도한 친절이 수상하긴 했으나 크게 개의치
않기로 했다.

한국인들은 원래 친절한가 보지.

미스터 김과 나는 천막에 설치된 간이 테이블에 마주
앉았다. 도시락을 먹기 전, 미스터 김은 비교적 젊어 보
이는—그래도 중년이었다—남자를 불러 한국어로 얘
기를 나누더니 그 남자에게 내 휴대전화를 맡겼다. 남자
는 휴대전화를 들고 천막 뒤편으로 저벅저벅 걸어갔다.
당황하여 남자를 쫓아가려는데 미스터 김이 내 팔목을
잡았다. 걱정 말라는 듯 그가 앞니를 드러내며 웃었지만
그래도 믿음이 가지 않는 게 사실이었다.

저 사람 믿을 만한 사람이에요?

미스터 김은 잠시 말을 고르다 미소 지었다.

좋은 사람입니다. 여기 있는 모두 아주 좋은 사람들입
니다.

노부인이 나누어 준 도시락엔 검고 희고 붉은 음식이
담겨 있었다. 보는 것만으로도 식욕이 가시는, 차고 윤

기 없고 낯선 음식들이었다. 선뜻 손이 가지 않았고, 나무로 된 젓가락은 하나로 붙어 있어 어떻게 사용해야 할지 난감했다. 미스터 김은 나를 살피더니 하나로 붙어 있는 나무젓가락을 부러뜨려 두 개로 만들었다. 그러고는 그것을 마구 비비기 시작했다.

자, 당신도 따라 하세요.

그를 따라 얼결에 젓가락을 양손으로 비볐다. 그건 일종의 놀이 같기도, 식전 의식 같기도 했다. 식전 의식을 마치고 미스터 김은 식사를 시작했다. 나는 젓가락을 X자로 움켜쥐고 먹는 시늉만 했다.

왜 안 먹습니까?

미스터 김의 물음에 차가운 소시지를 억지로 집어 들었다. 다른 음식엔 좀처럼 손이 가지 않았다. 어떻게 먹는지도 알 수 없었다. 미스터 김이 턱을 긁적였다.

자, 나를 보세요.

미스터 김은 사포처럼 검고 얇은 종이에 밥을 감싼 뒤 단번에 삼켰다. 젓가락 대신 손을 사용해 그것을 먹기도 했다.

저것도 먹는 거였나. 데코인 줄 알았는데.

종이를 아무렇지 않게 먹는 미스터 김을 보며 기겁했다. 구미는 당기지 않았으나 맛있게 먹는 미스터 김을 보니 저 얇은 종이에서 무슨 맛이 날지 조금 궁금하기도 했다.

사포처럼 거치려나.

한참 머뭇대는데, 미스터 김이 종이에 밥을 싸 내 입에 가져다 대었다.

자, 시도해보세요.

내키지는 않았으나 그의 선의를 사양할 수 없어 눈을 질끈 감고 그것을 받아먹었다. 허기 때문이었을까. 생각보다 맛이 좋았다. 바삭하고 짭짤한 풍미 덕에 스낵을 먹는 것 같기도 했다. 미스터 김이 말했다.

아주 맛있습니다. 이건 '김'입니다.

'김'? 오, '김'!

기억을 더듬어 어제 '감태'를 맛보았다고, '김'이 '감태'의 사촌 아니냐고 묻자 미스터 김이 고개를 갸웃했다.

미안하지만 다시 말해주겠습니까?

천천히 했던 말을 반복하자 미스터 김이 아하, 하며 웃었다.

나는 '대구'에 삽니다. 내 사촌들도 모두 거기 삽니다.

소통에 오류가 생긴 게 분명했으나 미스터 김이 전단지 뒤에 지도까지 그리며 '대구'가 어디에 있는지 설명하기 시작해 말을 끊을 수 없었다. '대구'는 한국 남부에 있는 작은 주였다. 그의 억양에 왜 남부 사투리가 묻어 있는지 그제야 이해되었다. 그는 '대구'에서 평생 살아왔다고 했다. 그곳을 한국에서 가장 살기 좋은 곳이라 설명하기도 했다.

당신은 어디에서 왔습니까?

고민하다 위스콘신 출신이라고 답했다.

재작년까지 위스콘신에 살았어요. 당신처럼 평생을 한곳에서 산 셈이죠.

미스터 김은 고개를 끄덕인 뒤 단어를 길어 올리듯 말을 거듭 수정하며 내게 무슨 일을 하냐고 물었다. 나는 제프에 관해, 그의 작품을 관리하고 일정을 조율하는 나의 일에 대해 설명했다.

오, 아티스트입니까?

알아듣기 쉽게 설명했다고 생각했으나 오판이었다. 고개를 저으며 아티스트는 내가 아니라 제프라고 설명해도 미스터 김은 자기 식대로 오역했다.

당신 참 멋집니다.

말을 바로잡으려다 그만두었다. 그는 이 이상한 여정에서 조우한 낯선 사람이었다. 경유지에서 만난 사람에게 변을 하는 게 무슨 소용일까 싶어 그저 고맙다고 짧게 답했다.

영어는 어디서 배웠어요?

그의 어설픈 회화를 지적할 생각은 없었고, 그저 궁금했다. 시간을 때우기 위한 방도이기도 했고. 미스터 김은 곧 지도 속 '대구'에 작은 원을 표시했다.

여기가 '대구'면……

그리고 그 원 안에 더 작은 원을 그려 넣었다.

여기는 캠프 워커입니다. 나는 미군에게 프라이드치킨을 팔았습니다. 프라이드치킨을 압니까?

미스터 김의 말에 고개를 끄덕였다.

그렇게 익힌 영어군.

이제는 대략 유추할 수 있었다. 미스터 김은 입이 풀린 듯 자기 이야기를 더듬더듬 늘어놓았다. 그는 프라이드치킨을 팔아 자식을 키워왔다고 했다. 아들이 둘 있다며 지갑을 꺼내 사진을 보여주기도 했다. 감도가 낮은 사진 속에 한 가족이 들어 있었다. 똑같은 멜빵바지를 입은 두 소년과 짙은 피부가 매력적인 건장한 남성. 사진 속 소년들은 울상을 짓고 있었다. 볼을 엎어놓은 듯한 촌스러운 헤어스타일의 소년들에게서—잠깐이지만—내 아버지의 어린 시절이 겹쳐졌다. 미스터 김은 소년들을 가리키며 미소 지었다.

나의 보물입니다.

그는 이제 많이 늙어 사진 속 젊고 건장한 남성과 동일 인물이라 보기 어려웠지만 세월을 거스른 낯설고 뜨거운 감정만은 내게 온전히 전해졌다. 보물. 내 아버지에게선 한 번도 들어본 적 없는 말이라 그랬던 걸까. 미

스터 김과 나 사이에 놓였던 두꺼운 벽에 가느다란 실금
이 생긴 것 같았다. 느닷없이 이상한 통증이 일었다.

사진 속 소년들을 손으로 짚었다.

이분들도 당신과 '대구'에 살고 있나요?

그들은 여기 '서울'에 삽니다. 하지만…… 만나지 못합
니다.

왜요?

내 물음에 미스터 김은 선글라스를 벗고 눈가를 문질
렀다. 무뚝뚝한 입매와 달리 눈은 맑고 순했다. 뜸을 들
이다 그는 슬픈 표정을 지었다.

알 수 없습니다.

미스터 김이 한국어로 무어라 웅얼거리며 말을 이었
다. 말소리가 뭉개져 명확히 알아들을 수 없었지만, 그
의 묵음을 나는 이렇게 유추해보았다.

하지만 안다고 해도 달라지는 건 없겠죠.

도시락을 어느 정도 비울 즈음 휴대전화를 들고 사라
졌던 남자가 돌아왔다. 남자는 충전이 다 된 휴대전화를
내게 건넸다. 그 짧은 시간 동안 휴대전화가 완전히 충
전되었다는 게 놀라웠다.

한국은 정말 빠르군.

남자에게 얼마를 주면 되는지 물었으나 미스터 김은

이번에도 고개를 저었다.

　돈은 괜찮습니다. 정말 괜찮아요.

　남자가 옆에서 한국말로 길게 이야기했고 미스터 김도 그 말을 받아 길게 답을 했다. 두 사람의 표정이 심각했다. 그들의 대화가 이어질 동안 나는 휴대전화를 확인했다. 도쿄에서 레이오버 중이라는 제프의 메시지와 함께 밈이 도착해 있었다. 트럼프가 전쟁터에서 '도와줄까?'라고 말하며 손을 뻗는 우스꽝스러운 밈이었다.

　[듀이, 한국은 어때요? 무사한가요?]

　제프를 따라 밈을 전송하려 위젯을 넘기다 그냥 [난 무사해요]라는 메시지만 보냈다.

　아버지에게서 온 답은 짧았다.

　[네 엄마가 다음 주에 집에 오는지 묻더구나]

　다음 주 토요일은 아버지의 생일이었다. 아버지의 생일이 다가오면 나는 집에 가는 대신 메시지로 그에게 필요한 것을 형식적으로 묻곤 했다. 그럴 때마다 아버지는 미적지근한 답을 보내왔다.

　[아무거나]

　아버지는 의뭉스러운 사람이었다. 늘 속내를 감추었고 무얼 물어도 제대로 된 답을 해준 적 없었다. 속을 갑갑하게 하는 침묵과 불통, 묵인만 이어지는 집이 이제 지겨웠다. 아버지의 메시지에는 답을 하지 않았다.

한참 뒤 미스터 김이 남자와 대화를 마치고 내게 다가 왔다. 그가 턱을 긁적이며 물었다.

나를 따라오겠습니까?

미스터 김은 내게 이곳을 구경시켜주고 싶다고 했다. 오후 1시였다. 곧 떠나야 했지만 휴대전화도 충전되었 고 제프가 도착하기까지 충분한 여유가 있었다. 무엇보 다 가이드를 자처하는 미스터 김을 거절하기도 미안해 고민하다 그의 뒤를 따랐다.

미스터 김과 나는 축제장을 누볐다. 그는 축제장에 모 인 이들과 또다시 인사를 주고받았다. 그중에는 내게 미 스터 김을 소개해준 중년 여성도 있었다. 그녀는 작은 부스에 홀로 서서 지나가는 이들에게 방명록 작성을 권 하고 있었다. 나를 보자 그녀는 반갑게 손을 흔들더니 투명한 비닐로 감싼 음식을 덥석 쥐여주었다. 미스터 김 은 그것이 '떡'이며 한국식 디저트라고 귀띔해주었다. 구 운 지 얼마 안 된 듯 '떡'은 따끈하고 말랑거렸으며 은은 한 단맛이 났다.

맛있네요.

그녀에게 미소 지어 보였다. 그녀는 기쁨과 측은함이 섞인 표정으로 나를 보다 미스터 김에게 무어라 말했다. 이내 그녀의 눈시울이 붉어졌다. 무슨 상황인지 알 수 없었다. 미스터 김이 내 귀에 속삭였다.

당신에게 무척 고맙다고 전해달랍니다. 당신이 아주 소중하대요.

타인에게 그런 말을 들은 건 처음이었다. 가족에게도 들어본 적 없는 말이었다. 감정의 가느다란 실금이 점차 벌어졌고 뜨거운 무언가가 바깥에서 울컥 밀려들어오듯 온몸이 달아올랐다. 이건 민망함일까, 뭉클함일까. 말로 표현하기 어려웠다.

미스터 김은 볼펜을 쥐여주며 중년 여성이 한 말을 통역해주었다.

여기에 당신의 이름을 남깁니다. 이건 우리에게 아주…… 아주 중요한 일이에요.

미스터 김이 일러주는 대로 방명록 서명 칸에 내 이름을 적었다. 그건 한국에 온 것을 기념하기 위한 일종의 증표였고, 그들을 위한 나름의 작은 보답이기도 했다. 중년 여성이 애틋한 눈으로 나를 바라보았다. 서명을 다 하자 그녀는 내 손을 꼭 잡았다. 한국말로 무슨 말인가 하기도 했다. 그녀가 무슨 말을 하는지 여전히 알 수 없었으나 그녀의 눈을 보니 좋은 말임이 분명해졌다. 먼저 손을 거두는 대신 나는 그녀가 놓을 때까지 그 손을 오래 잡고 있었다.

부스에서 나와 미스터 김과 다시 축제장을 돌아다녔다. 군데군데 기념품을 파는 좌판이 보였다. 대다수의 좌판에서 '타이극기'와 관련된 소품을 팔고 있었다. 스티커, 티셔츠, 휴대전화 케이스, 마그넷…… 모자와 방한 장갑 같은 실용품에도 전부 '타이극기'가 새겨져 있었다. 독립기념일 축제장에도 기념품을 파는 상인들이 있었으나 기껏해야 우표나 작은 성조기를 꽂은 컵케이크 정도지 이렇게 대대적이지는 않았다.

한국인들은 애국심이 정말 대단하네요.

미스터 김은 내 말에 뜻 모를 미소로 회답했다. 무슨 말인지 알아듣지 못한 것 같았다. 번역 앱을 켜고 같은 말을 반복했다.

한국인들은……

스피커에 대고 중얼거리다 멈칫했다. 미묘했다. 여기 모인 이들은 전부 한국인이었다. 전부 같은 피부색을 지녔고 머리색도 비슷했다. 나 역시도. 하지만 나와 이들을 한데 엮기란 쉽지 않았다. 나는 어디에서나 적응이 빠른 사람이었고 편안함을 곧장 느끼곤 했으나 이곳에서는 아니었다. 유대와 소속감은 내 안에서 자꾸 미끄러졌다. 미스터 김이 나를 빤히 보며 물었다.

왜 그럽니까?

머뭇대다 그에게 말했다.

기분이 이상해서요. 이런 상황이 처음이거든요.

미스터 김이 한 번 더 말해줄 수 있냐며 내 쪽으로 고개를 기울였다. 그의 등은 젖어 있었고 목은 까맣게 그을려 있었다. 그가 내 가까이 다가왔다.

왜요? 아픕니까? 어디 아파요?

미스터 김이 내 어깨를 감쌌다. 오늘 이후로 다시 보지 않을 낯선 사람이라서 그랬던 걸까. 아니면 내 말을 유심히 들어주려는 그의 태도에 마음이 기울어서였을까. 아무에게도 해본 적 없는 이야기가 쏟아져 나왔다.

당신은 참 친절하네요. 나도…… 할아버지가 있어요. 그분도 한국인인데 나는 그분이 어떤 사람인지 전혀 몰라요. 어쩌면…… 당신과 닮은 사람일지도 모르겠네요.

미스터 김이 나를 빤히 바라보았다. 나는 말을 이었다.

아버지는 내게 한국 얘기를 한 번도 해준 적이 없어요. 나는 아버지에 대해서도 잘 몰라요. 아버지의 나라를 전혀 알지 못해요. 그래서 아버지와 나 사이에 갈등이 없는 거겠죠. 서로를 전혀 모르니까요. 알려고 하지 않으니까요. 그래서……

목소리가 떨렸다. 빗장뼈 부근에 알 수 없는 통증이 일었다. 미스터 김은 나를 가만히 보다 눈가를 비볐다. 그리고 슬픔에 젖은 순한 눈으로 말했다.

노 프로블롬. 노 프로블롬.

미스터 김은 배지와 와펜을 파는 좌판 앞에서 멈추어 섰다. 좌판을 지키는 상인과도 친분이 있는지 미스터 김은 그 남자와 유쾌하게 인사를 주고받았다. 널찍한 캔버스에 알록달록한 배지가 빽빽이 붙어 있었다. 미스터 김은 눈짓과 손짓을 섞어가며 마음에 드는 게 있으면 골라보라고 했다.

선물하겠습니다.

캔버스를 훑어보았다. 다양한 배지 중 턱이 짧고 케리 그랜트처럼 가르마를 반듯하게 탄 남성이 담긴 일러스트 배지가 유독 눈에 띄었다. 수많은 배지에 그 남성의 초상이 담겨 있었다. 허공을 가리키는 포즈로, 군복을 입은 채로, 엄숙한 표정을 지은 채로. 미스터 김에게 이 남자는 누구냐고 묻자 그는 화색을 띠며 외쳤다.

나의 대통령입니다!

그의 표정은 단연 오늘 하루 중 가장 밝았다. 말보다 마음이 더 앞서는지 흥분된 어조로 존경, 친애 같은 단어를 두서없이 쏟아내기도 했다.

한국에서 가장 위대한 인물입니다.

한국 대통령의 초상이 담긴 배지를 유심히 바라보았다. 초상 뒤편에 넘실대는 '타이극' 문양이 대통령의 위대한 업적을 설명해주는 것 같았다.

한국의 링컨 같은 존재인가.

성조기와 '타이극기'가 포개진 배지와 한국 대통령이 새겨진 배지 중 고민하다 전자를 택했다. 미스터 김은 아쉬운 듯한 표정으로 그것도 좋은 선택이라고 했다.

계산을 하기 전, 나는 대통령이 새겨진 배지까지 함께 골라들었다.

탁월한 선택입니다!

미스터 김이 서둘러 돈을 지불하려 했지만 정중히 사양했다.

제가 살게요. 선물해주고 싶은 사람이 있거든요.

나를 보며 미스터 김은 흔쾌히 고개를 끄덕였다.

좋아요. 아주 좋습니다.

축제의 열기는 뜨거웠다. 무대는 완벽히 세팅되어 있었고 아까보다 더 많은 이들이 주위에 모여 있었다. 스피커에서 경쾌한 음악 소리가 흘러나왔다. 컨트리보다 더 빠르고 흥겨우며 하우스보다는 건전한 음악에 맞추어 사람들은 팔을 흔들고 춤을 추었다.

미스터 김은 그들을 가리켜 '열사'라고 불렀다.

저들의 이름이에요?

내 말에 미스터 김이 고개를 힘차게 끄덕였다. '열사'가 무슨 뜻인지 묻자 그는 생각에 잠기더니 아주 좋은 사람들이라고 풀이해주었다.

아주 좋은 사람들. 그의 말을 나도 미온하게나마 수긍했다. 여기 모인 이들은 모두 좋은 사람들 같았다. 대가 없이 호의를 베풀고 수고를 마다 않고 마음까지 내어주는 온정 넘치는 이들이었다. 미스터 김이 말을 이었다.

내게는 가족과도 같은 사람들입니다.

축제의 장에 모인 좋은 사람들을 둘러보며 나는 미스터 김이 일러주는 대로 '열사'를 연달아 발음해보았다. 발음하기가 쉽지 않았다. 미스터 김은 참을성 있게 혀의 위치와 입 모양을 교정해주었다.

요울사, 율사, '열사'.

마침내 그들을 '열사'로 부르게 되었을 때, 미스터 김도 나도 작게 환호했다. '열사'. 내가 정확히 발음한 최초의 한국 이름이었다.

미스터 김이 자신이 산 배지를 내 가슴에 달아주었다. 독수리와 '타이극기'가 그려진 배지였다. 그는 배지를 가리키며 아주 잘 어울린다고 했다. 할아버지가 손자를 챙기듯 그는 내가 다른 배지를 잃어버리지 않도록 손수 셔츠 주머니에 넣어주고 단추도 채워주었다. 살갑고 다정하게. 그에게 말했다.

고마워요, 미스터 김. 당신은 '열사'예요.

내 말에 그가 엄지를 세우며 호탕하게 웃었다.

당신은 매우 똑똑합니다. 매우 똑똑해요.

미스터 김이 함께 무대 앞으로 가자고 했다. 따라오라고 손짓하며 그는 무수한 노인들 사이로 섞여들었다. 망설이다 그를 뒤따라갔다. 온 사방이 '타이극기'로 일렁였다. 축제를 즐기는 이들의 체온과 체취가 뒤섞였다. 미스터 김은 가방에서 '타이극기'를 꺼내 내게 쥐여주었다. 그리고 그것을 활기차게 흔들었다.

흔들어요. 같이 흔듭니다.

처음엔 조금 민망하기도 웃기기도 했으나, 나는 곧 그 상황에 적응했고 미스터 김처럼 음악에 맞추어 '타이극기'를 흔들었다. 미스터 김과 '열사'들을 휴대전화 카메라로 찍기도 했다. 미스터 김은 카메라를 보며 미소 지었고 우리 양옆 그리고 앞뒤에 서 있는 노인들도 손가락으로 브이를 만들거나 거부감 없이 손을 흔들어주었다. 내 손을 쓰다듬고 등을 토닥이며 한국어로 무어라 말하는 노인들도 있었다. 미스터 김은 그들이 나를 대견해한다고 했다.

당신도 '열사'예요. **우리**처럼요.

알 수 없는 고양감에 젖어들었다. 생애 처음 느끼는 감정이었다. 시끄럽고 이상하지만 뜨거운 이곳에서 나는 분명 그들과 섞이고 있었다.

그리고 문득 아버지에게도 이 풍경을 보여주고 싶다

는 생각이 들었다. 그의 나라, 아니 **우리**의 나라를.

[아버지, 저 지금 한국에 있어요]

메시지를 보내고 사진을 전송하기 전, 나는 미스터 김에게 물었다.

여기가 어디예요?

'열사'들의 함성과 커다란 스피커 볼륨 때문에 미스터 김과 말이 계속 엇갈렸다. 고개를 돌렸다. 칼을 손에 쥔 거대한 청동상을 가리키며 되물었다.

여기 어디예요?

그제야 이해한 듯 미스터 김은 큰 소리로 이곳이 어디인지 말해주었다. 번역 앱을 켜고 그에게 한 번 더 얘기해달라고 했다. 그의 말이 고스란히 영어로 번역되었다.

이곳은 '이승만 광장'입니다.

아버지에게 사진을 전송한 뒤 메시지를 덧붙였다.

[저 지금 이승만 광장에 있어요. 아주 좋은 사람들과 함께요]

●

제프는 밤 비행기로 입국했다. 출입국장에서 만나자마자 제프는 내 가슴에 붙은 배지를 가리키며 웃음을 터뜨렸다.

듀이, 이틀 만에 한국 사람이 다 되었네요.

평소 같으면 '제프, 그런 농담 하지 말아요' 하며 손을 내저었겠지만, 오늘은 그저 미소만 지었다.

공항 밖에서 리무진이 대기하고 있었다. 기사가 뒷좌석을 정리하고 캐리어를 트렁크에 싣는 동안 나는 제프에게 나흘간의 일정을 간략히 전달했다. 갤러리 전시 상황과 게스트 룸의 컨디션에 대해서도 이야기했다. 뒤섞여 있던 것들이 제자리를 찾고, 비로소 내 위치로 돌아온 것 같은 안정감도 들었으나, 마음 한편엔 여전히 알수 없는 뜨거운 감각이 남아 있었다. 쾌감 같기도 통증 같기도 한. 제프에게 말했다.

큐레이터가 「스무드」를 극찬했어요.

그래요?

구 안쪽에 무언가 숨겨진 것 같다고 하더라고요.

제프는 인스타그램 피드를 넘기며 건성으로 답했다.

재밌네요. 듀이도 그렇게 생각해요?

골똘히 답을 추리다 나는 셔츠 주머니에 넣어둔 배지들을 꺼냈다. 타이극기와 성조기가 포개진 배지와 한국 대통령이 담긴 배지. 둘 중 고민하다 그중에 하나를 제프에게 선물했고, 나머지 하나는 다시 주머니에 넣어두었다.

그건 누구에게 주려고요?

제프의 말에 어깨를 으쓱했다. 제프는 안 본 사이 비밀스러워졌다며 오늘 하루는 어땠냐고 물었다.

위험하지는 않던가요? 한국의 사무라이들이 뱀술을 권하지는 않았어요?

제프가 바지춤에서 칼 꺼내는 시늉을 하며 장난쳤지만 나는 그것을 농담으로 받지 못했다. 아주 많은 장면들이 파노라마처럼 스쳐 지나갔다.

기사가 리무진의 코치 도어를 열어주었고 제프가 먼저 탑승했다. 리무진에 타기 전, 나는 주변을 돌아보았다. 나와 다르지만 닮은 수많은 한국인들이 공항 안으로 들어가고 공항을 빠져나가고 있었다. 그들을 둘러보며 나는 들릴 듯 말 듯 웅얼거렸다.

알 수 없지만, 아주 좋은 하루였어요.

인터뷰

성해나
×
이소

이소   2023년 겨울 〈소설 보다〉에 「혼모노」가 수록
된 후 두번째로 성해나 작가의 작품을 소개하
게 되었습니다. 지난 2년간 활발한 작품 활동을
이어오고 계시지요. 독자분들께 근황과 더불어
인사 부탁드립니다.

성해나   안녕하세요. 푸른 뱀의 해 무탈히 보내고 계신
가요. 작년 말부터 심란한 소식들이 이어져 밤
잠을 이루지 못하는 날들이 잦았을 것 같습니
다. 저 역시 그랬고요. 그럼에도 희망은 늘 도
래한다고 봅니다.

　저는 지금 두번째 소설집 교정을 보고 있어
요. 아마 〈소설 보다〉가 출간될 무렵에 소설집
도 함께 나오지 않을까 싶습니다. 이제 무던해
질 때도 되었는데 세상에 새로운 작품을 내보

이는 건 여전히 벅차고 감사하네요.

이소 소설은 처음으로 한국을 방문한 한국계 미국
인 듀이가 낯선 모국에서 보낸 이틀간의 시간
을 담고 있습니다. 흥미로운 점은 마치 볼록렌
즈를 통해 바라본 얼굴처럼, 신속하게 그려낸
솜씨 좋은 캐리커처처럼, 소설이 듀이를 포함
한 모든 인물을 다소 전형적인 방식으로 다루
고 있다는 점입니다. 한국에 무지한 듀이의 '미
국인'다운 편견, 듀이를 '한국인'으로 대하려다
낭패를 경험하는 갤러리 직원들, 듀이가 태극
기 집회에서 만난 '열사' 미스터 김과 그의 동
지들…… 빠른 손놀림으로 특징을 잡아 그려낸
풍자화처럼, 이들은 모두 얼마간 희화화되어
있습니다. 코가 크고 눈이 처진 사람을 캐리커
처로 그리면 코는 얼굴의 절반을 차지하고 눈
은 볼 가운데까지 흘러내리겠지요. 이와 같은
방식으로 캐리커처는 복잡한 현상에 대해 신속
한 이해를 가능하게 만드는 동시에 세부를 삭
제하거나 왜곡합니다. 가령 컨템퍼러리 예술
분야에 종사하며 전 세계를 누비는 듀이가 한
국을 상상하기 위해 동원할 수 있는 자원이 고

작 '마사지' '뱀술' '시클로' 정도라는 사실은 조금 어색하게 느껴지기도 합니다. 그러나 그 덕분에 미국인이라는 다수자성을 지키기 위해 유색인이라는 소수자성을 거부하고 적극적으로 무지를 선택한 그의 개인사가 강력히 환기됩니다. 세부를 과감히 생략하여 서사에 빠른 속도감을 부여하는 인물들. 마음 놓고 공감하기에는 망설여지는, 전적으로 신뢰하기에는 미심쩍은 인물들. 「혼모노」와 「잉태기」를 포함하여 최근 작가님의 소설에 자주 등장하는 이들에 대해 조금 더 설명해주실 수 있을까요.

성해나 '캐리커처'라는 표현이 흥미롭습니다. 캐리커처 화가는 대상의 거시적 특성을 재빠르게 캐치하고, 흉터나 점, 수염 등의 세밀한 부분을 무심히 툭툭 찍어놓죠. 제가 인물을 그리는 방식도 그와 비슷한 것 같습니다.

저는 소설을 쓸 때 현실 속 저와 먼 인물, 그래서 이해하기 어려운 인물을 주로 그립니다. 「혼모노」의 문수, 「잉태기」의 구부舅婦 그리고 「스무드」의 듀이도 성별이나 계급, 직업, 출신이 저와 현저히 다른 인물들이죠. 모아놓고 보면 다들 다르지만, 주된 공통점이 있다면 이들 모두 관찰자라는 거죠.

듀이 역시 '한국'이라는 타국 혹은 모국의 표면을 훑는 관찰자입니다. 그러한 시선 때문에 불편한 지점도 생기지만, 반대로 생각해보면 그 문화에 깊이 동화된 이들은 느끼지 못할 지점을 짚을 수도 있을 것 같습니다.

이 소설을 쓰기 전, 몇몇 재미 교포분들과 인터뷰를 했습니다. 저는 단순히 그들이 한 번쯤 인종차별을 겪었을 거라 여겼고 그 관점으로 질문지를 준비했는데, 대화를 나눠보니 그런 경험이 없는 분들이 다수더군요. 자국민들이 이민자에게 무척 호의적이라고 말씀하시는 분도, 한국 문화에 대해 아는 바가 거의 없는 분도 계셨고요.

인터뷰 후 구상을 다시 했습니다. 초고에서 듀이는 한국에 부드럽게 융화되는 주체였지만, 퇴고할 때는 철저히 외부자의 시선으로 한국을 보는 관찰자로 수정했어요. 그 뒤에 태극기 부대 같은 이질적인 소재를 덧입혔고요. 인터뷰를 하지 않았다면 뱀술이나 시클로는 절대 안 썼을 거예요. 스테레오타입이니까요. 하지만 당사자와 마주하며 이것을 스테레오타입으로 단정 짓는 것도 제 선입견일 수 있겠다고 생각했어요.

소설을 쓸 때는 관장하는 자가 아닌 관찰자로서 인물을 바라보려 합니다. 인물에 이입하다가도 제가 관찰자에 불과하다는 사실을 인지하고 거리를 두면 객관이 생겨요. 선/악의 구도 혹은 이타/이기의 측면으로 이분하기에 인간은 다분히 다면적이니까요. 가까이 붙어 있다 멀어지면 그런 다층적인 면들이 보이고 또 느껴지고 경각심도 듭니다. 그런 거리감 때문에 인물들에게 마음 놓고 공감할 수 없는 게 아닐까요.

이소 마찬가지로 인물들의 활동 무대를 재현할 때도 과감하고 선명하게 공간을 분할한다는 인상을 받았습니다. 컨템퍼러리 예술이 '시장'에서 유통되는 방식은 국경을 무화할 만큼 매끄럽기 그지없지만, 한 나라 안에서도 '사회'는 태극기 집회처럼 내부와 외부로 나뉘어 끊임없이 대립하고 반목합니다. 제프 쿤스를 연상시키는 미술가 제프의 작품은 전 세계를 넘나드는 '스무드'한 것이지만 그것이 전시될 아파트 갤러리는 오직 입주민만 출입할 수 있고, 미스터 김과 듀이가 나눈 유대는 언뜻 국적과 세대를 초월한 보편의 것처럼 보이지만 실은 지극히 폐쇄적인 극우 집단 내부에서 빚어집니다. 사회는 점점 성채화되고, 세계는 점점 방해물 없는 구 위에 뿌려진 액체처럼 흐릅니다. 듀이는 이 모순을 온몸으로 체현한 사람이겠지요. 세계를 하나의 시장으로 다루는 그러나 지극히 폐쇄적인 사회적 감각을 지닌 사람이니까요. 이렇게 소설은 연결과 단절, 개방과 폐쇄의 이분화된 공간적 감각을 중첩시키고 변주합니다. 어쩌면 섣부른 짐작이나 착각일지도 모르겠습니다만, 어렴풋이 작가님이 소설에 담고 싶은 세계상이 그려지는 것 같기도 합니다. 이에 대한 설명을 부탁드려도 될까요.

성해나 안과 밖의 차이를 극대화시키면서도 접점을 찾고 싶었어요. 매끈한 통제가 둘 사이를 잇는 공통분모라고 생각했습니다.

듀이의 가정과 아파트는 닮아 있어요. 아파트의 매끄럽고 편안한 시스템은 계층 분리라는 통제 속에서 유지되죠. 듀이가 한국에 관해 무지한 것은 미시적으론 아버지의 영향이지만, 거시적으로 보면 불편(하지만 분명 중요)한 문제를 가볍고도 신속히 튕겨내는 '신자유주의'의 본질 때문인 것 같습니다.

그에 반해 집회 현장은 듀이에겐 울퉁불퉁하고 이상한 공간이죠. 극렬하고도 맹목적인 믿음이 흐르고, 아파트와 아버지(혹은 제프)의 세계가 감춰온 집단성과 민족주의가 여실히 드러나는 공간이니까요. 하지만 내국민인 우리 입장에서 보면, 태극기 집회 역시 통제된 공간인건 마찬가지죠. 유사한 망탈리테를 공유하는 이들이 '열사'나 '이승만 광장' 같은 통용되지 않는 명칭으로 결집하며 다른 사상을 지닌 이들을 배척하는 곳이니까요.

아이러니는 대다수의 문제가 위에서 아래로 흐르지만, 정작 아래에 고인 문제들은 위에 닿지 않는다는 사실 같습니다. 위는 저들만의 바운더리이고, 철저히 봉쇄되어 있으며, 지극히 매끈하죠.

이 소설 속 매끄러움은 외면의 동의어예요. 「스무드」란 작품은 거칠한 스테인리스스틸을 깎아내 구의 형태로 만든 것이지만, 그 변질의 과정을 원작자인 제프조차 구태여 들여다보려 하지 않죠.

저는 종종 이 세계가 유튜브 알고리즘과 비슷하다고 생각하곤 합니다. 무해한 정보만 도출되고 그 외의 정보들은 꾸준히 매끈하게 깎여나가는 세계요. 한식 '추천 안 함', K컬처 '관심 없음', 사회 이슈 '나중에 보기'. 그렇게 매끄럽게 넘기고 눈을 돌리다 보면 어느 순간부터 자유로운 통제에 무감해지고 익숙해지는 것 같습니다.

무수한 혐오와 차별의 문제, 사회를 향한 날카로운 의문을 소거하고 그저 '아무 문제 없음(노 프라블럼)'으로 매끈하게 포장하는 현대(혹은 기득권)의 이면을 저 나름대로 깊이 들여다보고 싶었어요.

이소　소설은 태극기 부대에 관한 어떠한 선입관도 갖지 않은 듀이를 태극기 집회 한복판으로 들여보냅니다. 그가 태극기 부대에 아무런 편견도 지니지 않은 이유는 역설적으로 그가 한국에 대해 편견(과 무관심)을 지니고 있기 때문입니다. 미스터 김 역시 마찬가지지요. 그가 듀이에게 진심 어린 호의를 베풀 수 있는 이유는 듀이가 그와 함께 부대끼며 살아가야 하는 이가 아닌 이방인이기 때문이니까요. 그렇다면 타인을 이해한다는 것은 도대체 어떤 의미일까요. 낯선 두 사람이 돌연 서로를 이해한다고 느끼는 그 순간, 두 사람 사이에 놓인 건 서로에 대한 몰이해입니다. 독자라면 누구나 두 사람 사이에 오간 애틋한 온기를 부정하지 않을 겁니다. 그러나 동시에 두 사람이 주고받은 이해가 제대로 된 이해라고 믿는 사람도 없을 테지요. 소설은 시종일관 아이러니를 유지하며 이러한 이해의 가능성과 불가능성 양쪽 모두를 주목합니다. 이해의 온기를 보여주는 순간, 바로 그 이해의 얄팍함에 관해 이야기하는 방식으로요. 무언가를 이해한다고 믿는 순간이 몰이해의 결과일 수도 있고, 도저히 이해할 수 없다고 절망하는 순간이 이해의 결과일 수도 있겠습니다. 이토록 아슬아슬한 이해의 임계점에 대해 작가님의 생각이 듣고 싶습니다.

성해나 「스무드」 속 듀이는 6·25 태극기 집회에 참여하죠. 이 소설을 집필하고 있을 무렵이 마침 그즈음이라 답사 겸 그쪽 집회에 참석해봤습니다. 위장 잠입이라고 하긴 거창하지만…… 비슷한 것을 했다고 할 수 있을까요. 편견이 다소 있었기에 혹 그들이 린치(?)를 가하진 않을까, 극렬 지지 세력으로 오인받는 건 아닐까, 몸을 사리며 광화문으로 향했습니다.

결과적으로 참 묘한 경험이었습니다. 그 더운 날 보조 배터리를 서너 대씩 들고 다니며 장시간 유튜브 촬영을 하는 노인들이나 정치인과 악수하며 "우리나라를 부탁드린다"라고 말하는 집회 참여자, 서명을 권하는 아주머니가 극도로 불쾌하거나 꺼림칙하지 않았으니까요. 그저 인정욕이 강하고 사람을 좋아하는, 무력하고 외로운 이들 같았어요. 맹목을 넘어선 저 기이한 추앙도 고독에서 비롯된 건 아닐까, 교만한 이해를 했던 것 같기도 합니다.

이해는 관계를 형성하고 진전시키기도 하지만, 때론 그 이해 때문에 인간은 무너지기도, 공포나 좌절에 빠지기도 하는 것 같아요. 그래서 온전한 이해는 불가능하지 않나 싶습니다. 누군가를 이해한다고 하는 것이 외려 기만으로 여겨져 말을 아낄 때도 있고요.

그럼에도 인간을 이해해보려는 필사의 과정이 우리를 조금 더 인간답게 만들어준다고는 생각합니다.

이해는 옹호나 두둔과는 다르죠. 이 축으로 갔다가 저 축으로 옮겨 가며 부단히 타인을 겪고 알아가는 진자 운동이 이해의 과정인 것 같습니다. 그 과정을 평생 반복하는 게 삶 같고요. 끓어오르다가 넘치기도, 때로는 그에 미치지 못하고 미온하게 식기도 하겠죠. 하지만 인간을 고찰하고 사회를 온건한 시각으로 바라보려는 과정을 포기하고 싶진 않습니다.

이소   이제 듀이는 "한국 사람이 다 되었네요"라는 말을 부정하지 않고, 제프의 작품 '스무드'의 "구 안쪽에 무언가 숨겨진 것 같다"는 큐레이터의 말을 의미심장하게 기억합니다. 흡사 오랫동안 억압해두었던 어떤 의미의 영역이 비로소 듀이의 마음 한편에 자리 잡은 듯 보입니다. 그러나 '한국 사람'은 모두 제각각이고 어떤 사물도 한쪽 면만 지니고 있진 않다는 점에서, 이 말들은 의미를 가장하지만 결국 무의미에 닿는 말들입니다. 정체성이란 '스무드'를 교란하는 단단한 알맹이처럼 느껴지지만 실은 정체성이야말로 가장 '스무드'하게 통용되는 허상 같은 것이니까요. 듀이의 앞날에 대해 궁금증이 들지 않을 수 없네요. 그는 이제 어떤 구를 만들며 살아갈까요. 그의 마음 한편에 찾아온 "쾌감 같기도 통증 같기도 한" 것은 그를 어떻게 움직이도록 만들까요.

성해나 듀이에게 생긴 균열은 미세하지 않다고 여겨요. 의식을 넘어 체화가 이루어졌으니까요. 낯선 곳에서는 온 감각이 열리고 예민해지기 마련이죠. 듀이도 그럴 거라 생각하고 감각에 초점을 맞추었어요.

특히 식(食)의 경험에 비중을 둔 건 섭식의 과정이 몸에 각인되기 때문이에요. 감태부터 떡까지. 이질적인 맛과 향을 지닌 타국의 음식이 식도를 타고 소화를 거치며 듀이의 일부가 될 거라 여겼어요. 한국을 모국으로 흡수할지, 배출할지는 모르겠지만 듀이는 그 경계에서 늘 고민할 것 같아요.

미국 사회에서 동양인인 듀이는 여전히 경

계에서 미끄러지는 사람일 테죠. 소설에는 쓰지 않았지만, 구상안에는 듀이가 학창 시절에 'smol'이나 'shrimp' 따위의 멸칭으로 불렸을 거라 적었어요. 그 멸칭을 자신의 왜소한 체구를 비하하는 슬랭이라 생각할 뿐 동양인 비하로 받아들이지는 않았을 거라 적기도 했죠. 이전에는 차별을 은연중에 회피하고 넘겼다면 이제는 인지할 거라 생각해요. 어렴풋하게라도요.

아마 균열 이후 듀이는 검은 구 안에 숨겨진 거칠고 뒤틀린 것들을 골똘히 들여다보려 하지 않을까요.

이소   소설은 계엄령 이전에 쓰였지만, 독자들은 계엄령 이후 탄핵 정국이라는 전대미문의 상황에서 소설을 읽게 될 것입니다. 소설을 쓰고 읽는 과정이 후보정할 수 없을 만큼 분명한 낙차와 간격을 지닌 대화라는 사실이 절실하게 다가옵니다. 소설을 쓰고 난 다음 소설이 어떤 상황에 놓일지 누구도 알 수 없지만, 아무래도 작가님의 마음은 복잡할 것 같습니다.

한편으로는 우리가 시급하게 귀 기울여야 할 목소리가 과연 태극기 부대의 것일까 하는 생각이 들기도 합니다. 그러나 다른 한편으로는 문학을 하는 사람들, 소위 책을 읽는다는 사람들이 가장 이해하지 못하는 목소리가 태극기 부대의 목소리라는 생각이 들기도 합니다. 이 사실만으로도 '세계'란 단일한 것이 아니라는 생각이 드네요. 누가 소수자인지, 어느 쪽이 기득권인지, 어떤 목소리가 소거되는지, 모두에게 같은 대답을 들을 수는 없겠지요. 이런 열광과 혐오, 믿음과 무지의 한복판에서 들려오는 목소리에 대해 작가님은 큰 관심을 기울이는 것 같습니다. 전작 「혼모노」에서도, 누군가에게는 탐욕과 무지의 결과인 '미신' 그러나 누군가에게는 세계를 설명하는 중요한 원리인 '무교'에 종사하는 사람들의 목소리를 생생하게 그려낸 바 있습니다. (무속에 관한 이야기가 정치적인 이야기로 해석될 수 있는 지금의 상황이 다시 한번 흥미롭네요.) 목소리를 제대로 들어본 적 없는 사람들을 이해하기 위한 장소를 만들어내는 것은 소설의 중요한 미덕일 것입니다. 그러나 저는 종종 이해가 비판과 결합되지 못한 채 '이해해버리는 것'이 되어버리지 않을까 두려워질 때도 있습니다. 언제나 이해와 비판의 결합 관계가 저에게는 어려운 문제입니다. 우리가 들어야 할 목소리, 소설이 기록해야 할 목소리 그리고 듣는 것만으로 끝나지 않는 비판이라는 과제에 대해 작가님의 의견을 듣고 싶습니다.

성해나   선생님의 말씀처럼 소설을 집필할 때는 계엄이라는 비민주적 횡포가 일어나기 전이었고, 트럼프가 재임하기도 전이었어요. 이러한 사태 때문에 매일이 심란하고 복잡하지만, 그 두려움을 작품에 옮겨 오고 싶진 않아요.

　작가란 사회의 통증을 함께 앓는 사람이라고 생각합니다. 태극기 부대라는 계층 내지 집단도 그 통증의 일부라 여겨요. 소설에 담지 못한 그들의 빈곤과 노동, 전쟁으로 인한 집단 병증까지 짚어보면 단순히 피아 식별의 관점으로 판가름하는 건 불가한 것 같습니다. 그래서 작금에 필요한 목소리가 무엇인지 경중을 나누는 게 저에겐 늘 조심스럽고, 어려운 일인 것 같아요.

　저는 시대의 어떤 일그러짐이나 병폐까지 외면과 묵인 없이 직시하고 기록하는 게 작가의 본분이고, 소명이라 생각해요. 문학이란 저변으로 휘발되거나 침잠할 수 있는 기억을 이곳으로 가져와 새로이 기록하는 일이라고도 생각합니다. 이전 작품에서 '제주 4·3 사건'이나 '친일' '일본군 성노예 피해자' '현상과 본질' 등의 담론을 다뤘다면, 「스무드」에서는 태극기 부대 혹은 재미 교포라는 표피에 싸인 민족성, 신봉, 통제의 문제를 다루고 싶었어요. 그러한 담론이 세대·성별 간 분열을 조장하는 매개가 아닌 우리의 오답으로 남길 바랍니다. 그 속에서 우리가 치열히 반성하고 성찰할 때, 미약할 수 있으나 분명 무언가는 달라져 있겠죠.

어떤 세력을 비호하거나 비난하기 위해 소설을 쓴 건 아녜요. 그 마음을 다들 알아주시리라 믿어요.

남은 여름

윤단

2024년 문학과사회 신인문학상을 통해 작품 활동을 시작했다.

1

서현은 중고 서점에서 돌아오는 길에 길가에 놓인 소파를 보았다. 파란색 패브릭 소파였다. 얼룩진 부분 없이 깨끗한 3인용 소파가 공터 앞에 놓여 있었다. 서현은 의아해하며 소파를 앞뒤로 살폈다. 폐기물 스티커 같은 건 붙어 있지 않았다.

잠깐 쉬다 가자는 생각으로 소파에 앉은 서현은 품에 든 에코백을 바닥에 내려놓았다. 두 팔 가득 안고 걷느라 어깨가 뻐근했다. 에코백에는 친구에게 받은 책들이 들어 있었다. 소설책과 시집, 일러스트집, 에세이, 인문서. 그중 끝까지 읽은 책은 서너 권밖에 되지 않았다. 친구는 작년 말에 죽었고 얼마 전 서현은 방을 정리하다 친구의 책들을 하나씩 꺼내 보았다. 가끔가다 친구는 자신이 읽은 책들을 주곤 했는데 이번에 세어보니 열다섯 권이나 되었다. 서현은 그것들을 방 한가운데 모아두곤 며칠 동안 고민했다. 책들은 마치 하나의 덩어리 같았다. 이렇게 둘 수는 없어. 서현은 생각했다. 하지만 버릴 수도 없었다. 그러다 중고 서점을 떠올렸지만, 막상 서점에 가서 팔려고 하니 도무지 내키지 않았다. 그대로 다시 서점에서 나온 서현은 집까지 걷고 싶어졌다. 마음이 자꾸 무겁게 내려앉았다.

그런데 이거 버린 건가.

서현은 소파 등받이에 몸을 기대며 이삿짐 트럭이 이곳에 소파를 두고 떠나는 장면을 머릿속에 그려보았다.

아님 누군가 소파를 옮기다 식사를 하러 갔을 수도. 그게 아니면……

5월 마지막 주, 화창한 일요일 오후였다. 도시 변두리라 거리를 오가는 사람은 적었다. 지나가는 이들은 저마다 한 번씩 파란 소파와 서현을 힐끔거렸다. 서현은 정면을 바라보았다. 길 건너 도로변에 긴 현수막이 걸린 상가가 보였다. 임대 문의. 선착순 계약 중. 옆에 적힌 번호 뒷자리는 건너편 가로수에 가려 보이지 않았다. 이따금 바람이 불어와 녹색 은행나무 잎사귀들이 흔들렸다. 서현은 푹신한 소파에서 쉽게 일어나지 못했고 누군가를 기다리는 기분으로 에코백에서 얇은 책 하나를 꺼내 읽었다. 중간쯤 다다라서야 전에 읽었던 책이라는 사실을 깨달았으나 일단 계속해서 읽어나갔다. 세세한 내용들이 잘 기억나지 않았다. 그러다 마지막 몇 페이지를 남긴 시점에 문득 결말을 기억해냈다. 끝까지 다 읽자 떠올린 결말 뒤에는 한 장면이 더 있었다. 처음 마주하는 듯한 생소한 장면이었다. 얼마 후 서현은 천천히 소파에서 일어났다. 하늘이 노란빛으로 물드는 중이었다.

2

대체 무슨 꿍꿍이입니까?

서현은 소리가 난 쪽으로 고개를 들었다. 반팔 셔츠 단추를 목 끝까지 채운, 왜소한 중년 남자가 서현을 물끄러미 바라보고 있었다. 누구지. 햇빛 때문에 서현은 인상을 찡그렸다. 일주일 넘게 이곳에 오면서 아는 사람을 마주친 적은 없었다. 소파를 발견한 다음 날부터 서현은 소파를 찾아왔다. 그다음 날도, 다음다음 날도. 그러면서 소파가 언제 사라질지 누가 가져갈지 궁금했다. 매일 책을 한 권씩 들고 나왔지만 중간중간 딴생각에 빠져들었으므로 첫날처럼 집중해서 읽지는 못했다.

맞네, 맞아. 딱 봐도 서현 씨라니까.

남자가 작게 중얼거렸다. 그제야 서현은 전 직장 상사인 추 팀장을 알아보았다.

갑자기 왜, 자꾸 여기 오냐고요.

추 팀장의 말투는 어색했다. 그도 그럴 게, 서현이 일할 당시 추 팀장은 한 번도 존댓말을 쓰지 않았다. 대체 뭐가 문제야. 이게 최선이란 거지? 지금 추 팀장은 검정 트레이닝복 차림의 서현을 가만 노려보고 있었다. 서현은 자리에서 일어나려 했다.

그 순간 추 팀장이 소파에 털썩 앉았다. 한 칸 간격을

둔 자리였다. 서현은 들었던 엉덩이를 다시 소파에 붙였
다. 이대로 일어나면 팀장이 민망해할 거야. 그 생각이
먼저 들었다. 더 이상 추 팀장은 상사가 아니고 이제 그
의 기분을 먼저 고려할 필요가 없었으나 생각과 행동이
습관처럼 배어 있었다. 서현은 그게 싫었지만 내색하지
않고 휴대전화로 시간을 확인했다. 3시 16분이었다. 길
을 오가는 사람들이 서현과 추 팀장과 파란 소파를 곁눈
질했다.

오늘 처음 왔는데요.

서현은 자기도 모르게 거짓말을 했다.

무슨 소리. 추 팀장이 얼굴을 들이밀었다. 내가 며칠
내내 눈여겨봤다고요.

일 그만두셨어요?

아뇨. 잠깐 나온 겁니다.

그런데 왜 여기에? 서현은 그 말을 입 밖으로 내뱉지
않았다. 왜,라는 단어에 너무 오래 사로잡혀 있었으니
까. 추 팀장은 황당하다는 얼굴로 서현을 마주 보았다.
그가 손을 뻗어 공터 왼쪽 오르막을 가리켰다. 저 멀리
회색 건물의 뒷면이 보였다.

저기 창문 보이죠. 화장실 창문이거든, 저게. 저기서
여기가 훤히 보여요. 내가 저건 분명 서현 씨라고 했는
데 다른 직원들이 아니라잖아. 누구는 진주 씨라고 하고

128

누구는 보경 씨라고 하고 또 누구는 사람이 맨날 바뀐
대. 회사 잘린 사람들이 번갈아서 찾아온다고 이상한 소
리를 하는 거야. 다들 심심한지 농담 삼아 떠드는데 얘
기만 하고 확인을 안 해. 그치, 사실 할 일도 많은데 굳
이 가서 말 섞을 필요는 없으니까. 근데 내가 보기엔 틀
림없이 서현 씨거든요. 근데 또 서현 씨가 계속 고개를
숙이고 있고 말이야.

서현은 지금 상황이 잘 믿기지 않았다. 전 회사가 같
은 동네라는 건 알고 있었지만 동선이나 거리의 풍경이
매치되지 않았던 것이다. 이제 보니 오르막에 있는 건물
뒷면이 낯익었다. 서현이 다녔던 회사는 전자 제품 제조
업체였고 건물의 4층부터 7층까지 임대해 썼다. 서현은
항상 정문 쪽 언덕 위를 오가는 버스를 타고 다녔다. 산
을 깎아 만든 도로를 지름길처럼 지나는 노선이었다. 요
즘엔 집에서 이곳까지 좁은 길가와 주택가를 지나 40여
분을 걸어왔다. 회사에 다닐 때는 이사 온 동네 곳곳을
돌아다니지 않았으므로 최근에 걸어왔던 길은 아예 다
른 동네같이 느껴졌다.

실업급여 끝났어요?

정적이 흐르자 추 팀장이 물었다.

아직요.

그렇죠. 좀 남았지.

1월에 퇴사한 후 넉 달간 받았으니 앞으로 한 달 정도 남아 있었다. 서현은 어색하게 웃었다. 추 팀장이 자신의 실업급여 기간을 어렴풋이 알고 있다는 사실에 약간 놀라기도 했다. 추 팀장은 전방의 어느 한 점을 바라보며 땀을 흘렸다. 셔츠 겨드랑이 부근이 둥그렇게 젖어 있었다. 추 팀장이 고개를 돌렸다. 눈이 마주치자 뭔가 할 말이 있는 것처럼 입술을 달싹이더니 곧 몸을 일으키며 말했다.

여기 있지 마세요.

3

서현은 미지근한 물로 샤워한 뒤 침대에 누웠다. 조용히 천장을 바라보다가 이내 추 팀장을, 추 팀장의 말을, 그러다 파란 소파를 떠올렸다. 소파의 보드라운 감촉과 선명한 색감을. 혹시 소파를 가져오면 어떨까. 불현듯 그런 생각이 들었다. 여태 같은 자리에 있는 것을 보니 아무래도 버려진 소파 같았다. 소파를 옮기려면 용달차와 사람이 필요할 거야. 서현은 꽤 오랜 시간 보지 못한 친구들을 잠시 떠올렸다. 담장 위를 걷던 삼색 고양이가 창문 너머 방을 내려다봤다. 서현은 눈을 두 번 깜박이며 인사했다. 고양이는 왔던 방향으로 느리게 되돌아갔다. 그렇지만 소파를 어디에 두지. 5평 원룸에는 일자형 부엌과 침대, 옵션으로 딸린 옷장과 작은 책상, 의자가 있었다. 2만 원대 에펠 의자는 오래 앉아 있으면 엉덩이가 쑤셔 밥을 먹을 때만 앉게 되었는데, 그조차도 책상이 벽면에 붙어 있어 독서실에서 급하게 끼니를 해결하는 기분이 되곤 했다. 방이 너무 좁아. 서현은 생각했다. 중앙에 빨래 건조대를 펴는 여분의 공간이 있지만 거기에 소파를 놓는다면 발 디딜 틈이 사라질 것이다. 그런데,

꼭 발을 디뎌야 하나.

서현은 가구에서 가구로, 가구에서 사물로, 사물에서 다시 가구로 옮겨 다니는 게 그리 나쁘지 않을 거라고 생각했다. 하지만 파란 소파를 이곳에 둔다면 소파의 존재가 너무 선명해서 이 방은 오로지 소파를 위한 공간이 될 것이고, 소파를 위해 방을 비워줘야 할지 모른다. 어쩐지 그런 마음이 들었다.

잠시 후 휴대전화로 고용보험 앱을 켜고 온라인 교육 영상을 재생했다. 취업 사이트에 들어가 채용 정보도 훑어보았다. 실업급여를 받기 위해서는 한 달에 한 번씩 실업 인정 신청을 해야 했다. 의무적으로 직업을 구해야 하고, 직업을 구하지 못하더라도 그러려고 노력한 활동 정도는 증명할 수 있어야 했다.

제가 잘못한 것 같아요.

추 팀장이 대체 뭐가 문제냐고 물었던 날, 서현은 추
팀장에게 그렇게 답했다. 전산에 물량을 확인하는 과정
에서 실수가 반복되었다. 이번엔 이름이 비슷한 거래처
두 곳의 물량을 바꿔 입력했다. 추 팀장은 다시 물었다.
잘못했다는 거야, 잘 못했다는 거야? 같다는 건 또 뭐
고? 추 팀장이 목소리를 높였다. 계속 그러고 있을 게 아
니라 잘할 생각을 해야지. 본인만 힘든 게 아니란 걸 알
아야지…… 한참 뒤 그가 자신의 자리로 돌아가 앉을 때
까지 사무실은 쥐 죽은 듯 조용했다(서현이 알기로 추 팀
장은 다른 일을 하다가 늦은 나이에 입사했다. 그는 늘 혼
자 점심을 먹으러 나갔고, 업무와 관련된 대화 말고는 누구
와도 말을 섞지 않았다. 그래서 서현은 추 팀장이 다른 직
원과 얘기했다는 말을 들었을 때 곧이곧대로 믿을 수 없었
다). 그 무렵 서현은 매일같이 야근했으며 잠을 제대로
자지 못했다. 차라리 병이 들거나 사고가 나길 바라는
순간이 많았다. 늦깎이 신입인 데다 생활에는 돈이 필요
했기에 출근을 이어갔지만, 집에 돌아와서는 항상 맥주
를 마셨다. 취기가 오르면 원룸 건물 옥상에 올라가 울
음을 터뜨렸다. 옆집 사람의 기침 소리나 콧노래가 건너
오는 방에서는 맘 놓고 울기조차 어려웠다. 서현은 사는
것을, 이렇게 사는 것을, 좀처럼 마음대로 되지 않는 일

들을 생각했다. 건물 아래를 내려다봤다. 늦은 시간 집으로 돌아가는 사람들, 주차된 자동차들, 그 아래 몸을 숨기는 고양이가 보였다. 어둠 속 고양이가 오와오 오와오 울었다.

4

오는 길에 무슨 일이 있었는지 알아?

작년 이맘때 친구는 축구공을 들고 와 물었다. 서현이 바깥에서 사람을 만나지 않게 된 어느 시점 이후로 친구는 서현의 집에 이따금 찾아왔다. 친구는 액세서리 사업을 그만두고 1년째 쉬는 중이었다. 사업 도중 큰 거래처가 생겼는데 사기를 당했다고 했다. 서현이 걱정을 내비쳤을 때 친구는 말했다. 괜찮아. 빚이 많지는 않아. 네가 도와줄 수 있는 일도 아니고. 걱정하지 마. 두 사람은 배달 음식으로 끼니를 때우고 맥주를 마셨다. 방바닥에 플라스틱 용기를 놓은 뒤 허리를 숙여가면서 먹었다. 서현은 날이 갈수록 살이 쪘다. 2인분을 시키면 대부분을 서현이 해치웠다. 이유를 알 수 없지만 친구는 여름마다 크게 아팠고 입맛이 없어 빵이나 음료로 하루를 해결하곤 했다.

우리 집 근처에 초등학교가 있거든? 거기 운동장에서 애들이 축구를 하고 있었는데 공이 날아오더니 내 앞쪽에 떨어지더라고. 그게 분명 내가 잡을 수 있는 속도로 굴러왔는데 말이지. 공이 나를 비껴갔어. 난 그걸 잡으려고 허리를 숙인 상태였고, 고개를 드니까 아이들이 날 보고 있었어. 그러니 뭐, 하는 수 없지.

뭐가?

이미 난 공 잡는 사람이 된 거야. 그래서 공을 쫓아갔어.

멀리 갔어?

아니, 그건 아니고. 친구는 무표정한 얼굴로 말했다. 멀리 가진 않았어. 내가 금방 속도를 내서 공을 앞질렀 거든. 근데 말야. 공을 잡고 내가 온 길을 봤는데.

친구는 말을 쉬었다. 서현은 다음 말을 기다렸다.

거기 아무도 없었어. 아무도 쫓아오지 않더라니까. 아이 중 단 한 명도.

얼마간 제자리에 서 있다가 그대로 여기에 왔다고, 친구는 말했다. 이거 잠깐 맡아줘. 친구는 서현의 신발장 안에 축구공을 놓아두었다. 친구의 장례식에 다녀온 뒤 서현은 신발장을 열어 보았지만 축구공은 없었다. 공을 친구가 가져갔는지 도통 기억나지 않았다.

5

추 팀장을 만난 뒤로도 서현은 소파를 자주 찾아갔
다. 걷다가 소파에 앉아 쉬고, 다시 걷다가 집으로 돌아
갔다. 하루는 아이 넷이 소파에 먼저 앉아 있어서 순서
를 기다리는 것처럼 공터 쪽에 가만 서 있기도 했다. 산
책을 나온 사람과 개 들은 온통 흙뿐인 공터를 빙빙 돌
았다.

6월 중순이 되었다. 햇볕이 따가워질수록 하늘은 맑
게 갰다. 서현은 더위를 견디며 파란 소파에 앉아 있었
다. 온몸에 땀이 뺐으나 그런 상태가 나쁘지만은 않았
다. 가끔 거리를 오가는 사람들이 휴대전화로 하늘을 찍
었고, 그럴 때 같이 하늘을 올려다봤다. 소파를 옮길 궁
리는 그만두었다. 모두가 이대로 소파를 내버려두면 좋
겠다고, 서현은 생각했다.

내가 이걸 치울 거예요. 아님 구청에 전화를 하든가.

어느 날 추 팀장은 말했다. 이번에도 소파에 간격을
두고 앉아 더운 숨을 내쉬었다. 매번 서현은 왼쪽, 추 팀
장은 오른쪽에 앉았다. 찾아오는 시간은 달랐지만 추 팀
장은 이틀에 한 번꼴로 이곳에 오고 있었다. 여기 오지
말라니까요. 그 말을 되풀이하면서. 네 번쯤 만난 날 서
현은 말을 편히 하셔도 된다고 얘기했으나 추 팀장은 단

호하게 고개를 저었다. 제가 그쪽이랑 친목이나 쌓을 건 아니니까요.

서현은 추 팀장이 정말 소파를 치울지 궁금했다. 하지만 다음 날에도 소파는 여전히 있었고, 추 팀장 역시 소파에 와 한 칸을 띄우고 앉았다.

한번은 추 팀장이 무슨 항의라도 하는 거냐고 따져 물었다. 서현이 대답하지 않자 추 팀장은 맞네, 맞아, 나한테 항의하는 거야,라고 낮게 말했다. 구조 조정 얘기가 돌던 때, 서현이 속한 유통 팀에서도 한 명을 줄여야 했다. 그때 추 팀장의 의견이 들어갔다는 사실은 알고 있었다. 누군가는 회사를 나가야 했다. 그게 내가 되었어. 서현은 생각했다. 권고사직 형태로 회사를 나온 건 다행인 셈인가. 더 이상 버티지 못해 퇴사했다면 실업급여조차 받지 못했을 것이다.

팀장님 때문에 여기 있는 건 아니에요.

추 팀장은 서현의 말을 믿지 않았다. 그러면 왜,라는 질문에 답하지 않아서였다. 서현은 스스로도 명확하게 설명할 수 없었지만 일단은, 그러니까…… 시간이 많았다. 이미 몇 달을 방에만 박혀 있었다. 아무것도 할 수 없어 누워 있던 나날, 때로는 괜찮아서 괜찮지 않던 날들도 많았다. 옥상에는 더 이상 올라가지 않았다. 그러지 않기로 친구와 약속한 적이 있다. 그리고 소파가 여기에 있었다. 앉아도 된다는 듯이. 있어도 된다는 듯이.
어차피 오래 있지도 못할 거야. 여름은 계절 자체로 위
기잖아. 서현은 생각했다.

가까운 곳에서 매미가 찌르르 찌르르 울었다. 아빠,
저어기. 그때 한 아이가 서현 쪽을 가리켰다. 응, 저어기.
아이의 손을 쥔 남자는 휴대전화를 보면서 아이의 말을
따라 했다. 아이와 남자는 목적지를 못 찾고 있는지 벌
써 세번째 이곳을 지나치고 있었다. 아빠, 파란색. 으응,
파란색. 남자는 지친 낯으로 서현과 추 팀장 너머에 시
선을 두다가 다시 휴대전화를 들여다봤다. 아빠, 아빠.
아이는 어른의 속도를 따라잡으려 종종걸음으로 지나
쳐 갔다.

그래봤자 소용없어요.

추 팀장이 말했다. 이래서 얻는 건 아무것도 없으니
까요.

알아요.

서현은 고개를 들었다. 햇빛이 강해서 눈이 잘 떠지지
않았다.

근데 그거, 재밌어요?

추 팀장이 턱짓으로 서현이 가져온 책을 가리켰다. 서
현은 뭐라 대답해야 할지 몰라 괜스레 표지를 매만졌다.
오늘은 에세이였다. 매번 다른 책을 들고 나왔으나 제대

로 읽지는 못했다.

예전엔 나도 책도 좀 읽고 했는데. 추 팀장이 말했다. 이젠 안 그래요.

다시금 정적이 이어졌다. 추 팀장은 거리를 오가는 사람들을 바라보았다.

팀장님, 업무 중에 계속 나오셔도 돼요?

다들 담배 피우러 몇 번이고 나가는데 나도 나올 수 있지요.

담배는 이혼하면서 끊었다고, 추 팀장은 아무렇지 않은 얼굴로 덧붙였다. 그러고 보니 추 팀장은 일하는 도중 이따금 사무실을 나갔다 들어오곤 했다. 이런 식으로 외출했던 걸까. 최근 추 팀장은 자신의 얘기를 툭툭 내뱉었다. 그에게 대학생 딸아이가 있다는 것, 더위를 많이 타면서도 냉방병에 자주 걸린다는 것, 회사에서 지원하는 자기계발비로 미술 학원에 다니고 있다는 것을 서현은 이번에 알게 되었다. 추 팀장은 인테리어용 그림을 배우는 중이었는데 거실에 직접 그린 그림을 하나쯤 놔두고 싶다고 했다. 아직 첫 그림도 완성하지 못했지만요. 싱싱한 오렌지를 그리는 게 영 쉽지 않아서.

서현은 추 팀장의 시선을 따라 거리의 사람들과 도로위 차들을 눈으로 천천히 훑었다. 그러다 불현듯 어딘가 이상하다는 느낌을 받았다. 다시금 주변 풍경을 살펴보다 곧 그 이유를 깨달았다. 건너편 상가 현수막. 처음엔 보이지 않던 전화번호 뒷자리가 시야에 들어왔고, 반대로 얼마 전까지 보였던 글자는 은행나무에 가려져 있었다. 그것을 알아차리자 다른 것들도 눈에 들어왔다. 마치 상가와 골목과 다른 상점도 모두 왼편으로 옮겨 간 듯했다. 소파가 움직였어. 서현은 생각했다. 그뿐이었고, 그럼에도 조금 놀랐고, 그 점이 마음에 들었다.

6

정오 무렵 서현은 철물점에 가기 위해 집을 나섰다. 창문 커튼이 기울어졌는데 알고 보니 레일 나사 하나가 빠져 있었다. 그걸 발견하고 커튼을 고치기로 마음먹기까지 사흘이 걸렸다. 서현은 나사를 하나 더 뺀 다음 바지 주머니에 넣었다. 거리에 몇몇 사람들이 우산을 들고 다녔다. 그래서 잠시 소파를 떠올렸다. 기상청에 따르면 오후에 비가 온다고 했으나 날이 환했다. 6월 셋째 주였다. 장마가 시작된다는 예보는 몇 번이나 들어맞지 않았다.

철물점 주인은 나사를 자세히 보더니 탁자에서 한 묶음을 꺼냈다.

천 원.

철물점 주인이 말했다. 서현은 묶음 봉투를 만지작거렸다. 달그락달그락 소리가 났다.

하나만 팔지는 않나요?

왜.

전 하나만 필요한데요. 이렇게 많이는 쓸데가 없어서.

없긴 왜 없어, 다 있어. 겨우 천 원인데 사면 되지.

서현은 나사 한 묶음을 들고 나왔다. 철물점 바깥에는 나무 입간판이 세워져 있었다.

휴대용 있습니다

서현은 붉은 글씨로 크게 적힌 문장을 바라보았다. 휴대용과 있습니다 사이의 빈칸은 무엇일까. 칼, 줄자, 녹음기, 재떨이, 아니 휴대용이니까 평소엔 갖고 다니기 힘든 물건일 거야. 서현은 걸으면서 다시 속으로 나열했다. 가스버너, 조명등, 파쇄기, 소파, 커튼…… 그러다 오래전 일이 떠올랐다. 열세 살 무렵의 일이었다. 어느 날 담임선생님이 반 아이들에게 게임을 제안했다. '자동차는 달렸다.' 담임선생님은 칠판에 커다랗게 적었다. 자동차와 달렸다 사이에 빈칸을 채워라. 10분 동안 가장 많이 채우는 사람이 1등이야. 상품은 아이스크림. 아이들은 각자 노트를 폈다. 10분이 지나고 담임선생님은 다들 손을 든 뒤 글자 수가 안 되는 사람은 손을 내리라고 했다. 열. 열다섯. 스물. 스물다섯까지 세자 서현을 제외한 다른 아이들은 모두 손을 내렸다. 짝꿍의 노트에는 '자동차는 엄청 존나게 빨리 달렸다'라고 적혀 있었다. 서른. 서른다섯. 마흔. ……너 몇 글자니? 담임선생님이 서현에게 물었다. 그동안 서현은 한 손을 든 채 글자 수를 여러 번 세고 있었다. 이백오십삼이요. 담임선생님이 한번 읽어보라고 했다. 서현은 노트를 들고 소리 내어 읽었다.

자동차는 고속도로에서 시속 80킬로로 적당히 움직였는데 안에는 엄마와 아빠와 동생과 내가 타고 있었고 나는 동생이랑 사이가 나빠서 뒷좌석에 최대한 떨어져 앉았는데 아무것도 하지 않았는데도 자꾸만 엄마는 나를 혼냈고 엄마의 얼굴이 무서웠고 슬펐고 멀미가 날 것 같았고 우리는 할머니가 있는 충청남도 공주에 가고 있었는데 할머니는 그래도 나를 좋아했지만 나는 할머니가 어색했고 할머니는 항상 내게 무슨 말이라도 해보라고 했고 그러니까 나는 오는 길에 토를 했다는 거짓말을 해도 좋을 것 같다 생각했는데 엄마가 아빠에게 제발 졸지 말라고 했고 아빠는 알았어 알았어라면서 짜증도 내면서 우리는 밤 속을 달렸다.

아마 그게 처음이자 마지막으로 1등을 했던 순간이라고, 서현은 곰곰 생각했다. 1등이었으나 기쁘지는 않았다. 계속 손을 들고 있던 데다 혼자만 내밀한 이야기를 한 것 같아 도리어 창피한 기분이 들었다. 그래도 빈칸 채우기는 재미있어 한동안 문장의 사이를 채우며 놀았다. 강아지는 뛰었다, 선물이 도착했다, 문이 열렸다, 퍼즐을 맞췄다…… 시간이 흐른 뒤에는 '사람은 죽었다'라는 문장의 사이를 길게 채우는 것이 삶이 아닐까 생각했다. 하지만…… '사람은 죽어 있었다'로 끝나야 하지 않나. 내가 죽더라도 나는 죽었다에서 끝나지 않고 응급차에 실리고 관에 들어가고 누군가 장례식을 치러줄 테니까. 그런 와중에도 계속해서 나는 죽어 있을 테니까…… 거기까지 생각이 이르자 서현은 '사람은 있었다'로 문장을 수정했다.

집으로 돌아오는 길, 편의점에 들러 아이스크림을 샀다. 바닐라 소프트콘이었다. 후덥지근한 날씨에 아이스크림이 빠르게 녹았다. 손바닥이 끈적였다.

7

이번 주말에 일이 있어서 밤늦게 병원을 갔다 왔어요.

다음 날 서현이 파란 소파를 찾았을 때 그곳에는 추 팀장이 앉아 있었다. 점심 무렵이었다. 지금껏 추 팀장이 먼저 와 있던 적은 없었기에 서현은 머뭇거리다 소파에 다가갔다. 한 칸 사이를 두고 앉자 추 팀장이 말을 꺼냈다.

우리 형이랑 형수님이랑 같이 병원에서 돌아오는 중이었는데요. 근데 알고 보니까 이 둘이 그날 종일 싸웠던 거예요. 형수님이 한 끼도 안 먹었다길래 내가 배고프다고 형한테 밥을 좀 먹자고 했죠. 근데 12시가 넘어서 동네 식당이 다 문을 닫은 겁니다. 돌고 돌아도 연 데가 없어. 그러다 길거리 포장마차 같은 데 있잖아요. 거기서 이제 정리를 하고 있더라고. 내가 급하게 가서 말했어요. 오늘 밥을 못 먹었다고, 토스트 세 개만 달라고 했죠. 그 아저씨가 영업 끝났다고 손을 휘휘 저었는데 옆에 있던 형수님이 우리 좀 살려주세요, 이러더라고요. 그때 내가 웃겨서 정말.

추 팀장은 소파의 면을 만지작거리며 작게 일어난 보풀들을 뜯어냈다. 서현은 추 팀장과 자신 사이 빈자리에, 언제 생겼는지 알 수 없는 얼룩을 보았다.

근데요, 그 아저씨가 안쪽으로 들어가서 철판에 기름을 두르더라고요. 그럼 살려야죠. 그렇게 말하면서 웃었어요. 이야, 토스트는 어찌나 크고 두툼한지. 그걸 받고 근처 정자에 가서 먹었는데요. 예순 넘은 형이랑 형수님이 나란히 앉아가지고 먹는데 나중엔 웃음만 나더라고. 진짜 웃기죠.

그런 말을 하는 추 팀장이 웃지는 않고 지친 얼굴을 하고 있어서 서현도 웃지 않았다. 네, 그러게요. 침묵이 흘렀다. 왜 밥도 제대로 못 먹게 하는 건지 몰라. 추 팀장이 작게 중얼거렸다. 난 있잖아요, 불편한 게 너무너무 싫어요. 다들 왜 그러는 거야, 진짜.

추 팀장이 왼팔을 들어 이마의 땀을 닦았다. 짧은 순간 그가 꼭 우는 것처럼 보였다. 불편하게 하고 싶진 않았어요. 조금 뒤 서현은 말했다. 추 팀장은 서현을 돌아보지 않았다. 서현은 어떤 말을 더 건네야 할지 몰랐다. 최근에 그랬던 것처럼, 혹은 지금 그러한 것처럼, 차라리 추 팀장이 뭔가를 더 얘기한다면 그 이야기를 듣고 싶었다. 하지만 추 팀장은 더 이상 아무 말도 하지 않았다. 얼마 뒤 추 팀장이 자리에서 일어날 때 서현은 손에 든 책—한 번도 펴보지 않은 소설이었다—을 건넸다. 그가 책에 호기심을 보인 일이 기억나서였다.

이거, 빌려드릴게요.

8

얼마 후 파란 소파는 사라졌다. 서현은 소파가 없어지는 순간을 보지 못했고 결국 누가 가져갔는지는 알 수 없었다. 갑작스럽긴 했으나 이번에는 왜,라는 생각이 들지 않았다. 그보다는 드디어……라는 느낌에 가까웠다. 소파 없는 길가는 파란 색감을 상실한 풍경으로 보였다. 서현은 소파가 있던 자리에 미세한 흔적이 남아 있는 것을 발견했다. 마치 철거된 건물의 빈자리처럼, 옷 입은 부분만 타지 않은 피부처럼. 땅도 햇볕에 데며 알게 모르게 변색되는 걸까. 서현은 소파가 있던 자리를 분명 알아볼 수 있었다. 잠시 후 리어카를 끌던 노인이 그 곁을 지나다 걸음을 멈췄다. 노인은 무언가를 찾듯 주위를 두리번거렸다. 민소매 아래 드러난 까무잡잡한 팔이 햇빛을 받아 반짝였다.

그날 밤 서현은 소파가 있던 곳을 다시 찾았다.

침대에 누워 뒤척이다 이유 모를 충동에 휩싸여 집 밖을 나선 참이었다. 더는 거기에 소파가 없다는 걸 알면서도 꼭 한 번 더 가보고 싶었다. 공터까지 걸어가는 동안에는 소파가 원래 자리에 돌아와 있을 것도 같았다. 캄캄한 밤, 소파는 없었다. 어둠이 내려앉은 때 이곳에 온 건 처음이었다. 서현은 이제 무엇을 해야 할지 몰라

가만히 서 있었다. 공터 앞 길가는 아주 고요했다. 서현은 소파가 사라진 자리에 앉았다. 무릎을 세워 두 팔로 껴안은 채 앞을 내다보았다. 주변 건물 불빛은 꺼져 있고 임대를 내놓은 상가는 여전히 비어 있으며 차도에는 전조등을 밝힌 자동차가 간간이 오가는 이곳에 소파가 있었다. 습기 품은 밤바람이 몸을 훑었다. 소파가 밤에 보았을 세상을 서현은 오래 보았고, 그러는 동안 서서히 깊고 눅진한 슬픔을 마주했다.

평일 오후 서현은 느지막이 일어나 집 안에 널브러진 쓰레기를 정리했다. 친구에게 받은 책들은 책상 위에 다른 책들과 함께 가지런히 정리해서 올려놓았다. 세탁 바구니에는 빨래 더미가 쌓여 있었다. 방 가운데에 건조대를 펴고 옷과 수건을 널었다. 어느새 7월이 되었다. 방 안은 덥고 습했다. 선풍기가 덜덜거리며 돌아갔다.

서현은 침대에 누워 허공에 팔을 뻗었다. 추 팀장의 말을 떠올리곤 지휘하는 모양으로 손을 움직였다.

난 그림 그리기 전에 허공에다 연습해요. 미술 선생님이 손 연습이 중요하다 해서 시작한 건데 구체적으로 그리는 건 아니고, 그리려고 하는 것의 윤곽을 반복해서 그려요. 싱싱한 오렌지를 그리고 싶은데 그게 어렵단 말이지. 양감이고 질감이고 뭐가 문젠지 모르겠는데 오렌지가 계속 시들시들한 거예요. 그러니 오렌지를 떠올리고 자꾸 그려보는 거죠. 시뮬레이션 같은 거.

그럼 더 잘 그려지나요?

일단 해보는 겁니다. 그렇게 하고 나면 뭐랄까, 그게 내 안에 들어온 것 같기도 하고.

서현은 천천히 윤곽을 그려보았다.

하나의 윤곽을 여러 번, 또 다른 윤곽을 여러 번.

저녁이 되자 작고 검은 날벌레가 주변을 날아다녔다. 잡으려고 했지만 서현의 손은 느렸고 벌레는 너무 빨랐다. 이불 위 날벌레를 눌렀다 싶으면 손바닥에도 이불에도 아무것도 없었다. 날벌레는 또 어느 순간 주변을 날고 있었다. 작은 날벌레 하나가 흰 벽지에 붙었다. 마침표 같아. 벌레 잡기를 포기하고 생각했다. 세 마리가 나란히 있다면 말줄임표가 될 텐데. 서현은 허벅지가 간지러워 벅벅 긁었다. 땀띠 때문에 피부가 붉게 오돌토돌 올라와 있었다.

며칠 뒤 휴대전화로 유튜브를 켰더니 알고리즘으로 소파와 관련된 영상들이 떴다. 진짜배기 소파 고르는 방법. 이젠 속지 마세요. 서현은 연달아 뜨는 영상들을 재생시켰다. 그다음에는 딱딱한 에펠 의자에 앉아보았고, 다시 침대맡에 앉아서 생각했다. 이제 나를 어디에 앉히지.

추 팀장에게 연락이 온 것은 7월 중순이었다. 정오 무렵 서현은 친구가 있는 봉안당에 갔다. 버스를 타고 여섯 정거장 뒤에 내려 다른 버스로 환승 후 또다시 다섯 정거장을 더 가야 하는 거리였다. 정류장에 도착한 뒤에는 가파른 골목을 올랐다. 따가운 햇볕에 숨이 턱 막히는 무더위였다. 서현은 산 입구의 꽃 가게에서 미니 꽃다발과 테이프를 샀다. 처음 이곳에 왔을 때 가게 주인이 생화는 유리문 바깥에 붙여야 한다고 일러주었다. 산을 얼마쯤 오르면 작은 절과 봉안당이 나왔다. 서현은 친구의 유리문에 미니 꽃다발을 붙였다. 친구의 이름이 가려지지 않게끔. 그다음 마주 보는 벽에 기대어 앉았다. 이따금 사람들의 목소리가 들려왔다.

한참 뒤 봉안당에서 나와 휴대전화를 확인하자 추 팀장에게 문자가 와 있었다. 혹시 내일 시간 있어요? 추 팀장의 문자를 가만 바라보았다. 머리 위 매미들이 시끄럽게 울었다. 서현은 나무를 올려다봤다. 매미는 보이지 않는데 그것은 귀가 아플 정도로, 주변 공기를 뒤흔들 만큼 강렬하게 울었다.

9

추 팀장은 회사 근처 상가 앞에서 기다리고 있었다. 퇴근 시간이었지만 해가 길었으므로 주위가 밝았다. 저녁 아직이죠? 추 팀장이 물었다.

두 사람은 가까운 찜닭 가게로 들어갔다. 찜닭은 양이 많고 뜨거웠다. 추 팀장은 땀을 흘리며 후후 불어 먹었다. 어떻게 지냈어요? 추 팀장이 물었다. 서현은 무슨 말을 해야 할지 고르다 커튼이 기울어졌는데 고쳤다고 말했다. 추 팀장이 두어 번 고개를 끄덕였다. 서현은 어떻게 지내셨느냐고 되물었다. 추 팀장이 대답 대신 소파 얘기를 꺼냈다.

그거 없어졌잖아요.

추 팀장은 서현의 표정을 살피더니 말을 이었다.

내가 집으로 옮겼어요, 혼자.

네?

순간 서현은 어떻게 반응해야 할지 몰랐다. 추 팀장은 다시 아무렇지 않게 젓가락을 움직였다. 안 믿기지. 그럼 됐어요. 진짜예요? 서현이 물었다. 뭐야, 웃을 줄 알았는데 안 웃네. 추 팀장이 말했다. 근데 나는 진짜 그런 소파가 하나 있으면 했어. 추 팀장은 물 한 모금을 마시곤 덧붙였다. 내가 가져갔을 수도 있죠. 서현은 정말일까 정말일까 생각하다 거짓말이면 뭐 어때, 이내 그런 생각이 들었다. 어쨌든 소파는 사라졌고 혹은 어딘가로 떠났을 테니까…… 침묵이 흘렀다. 서현과 추 팀장은 각자 조용히 밥을 먹었다.

팀장님, 요즘 회사는 어때요?

잠시 후 서현이 물었다. 추 팀장이 고개를 들어 서현을 바라보았다.

아, 글쎄요.

그런 다음 다시 침묵이 있었다. 추 팀장은 시선을 피하며 그릇에 담긴 닭 부위를 잘게 가르기만 했다. 추 팀장의 귀가 붉어진 게 보였다. 한참 뒤에야 추 팀장이 입을 열었다.

서현 씨, 그때도 나는…… 아니, 내가 좀 그렇지.

추 팀장은 천천히 고개를 돌려 바깥을 바라보았다. 서현도 함께 시선을 옮겼다. 가게 입구 전면이 유리로 되어 있었다. 내리쬐는 햇빛 때문에 유리에 묻은 허연 얼룩과 지문, 먼지, 거리의 풍경까지 모든 것이 잘 보였다. 어떤 이들은 우산을 양산으로 썼다. 표정이 반쯤 가려진 몇몇 사람들이 느린 걸음으로 앞으로 나아갔다.

아직 여름이 남았다는 게 믿기지 않네.

추 팀장이 말했다.

그러게요.

서현과 추 팀장은 더 이상 수저에 손을 대지 않았다.
이제 일어날까요. 추 팀장이 물었다. 서현은 고개를 끄
덕였다.

아, 참,

추 팀장이 가방 안에서 책 한 권을 꺼냈다.

이거 돌려주려고 보자고 한 거예요. 내가 읽긴 읽었
는데 사실 뭔 이야기인지 잘 모르겠더라고. 그래도 고마
워요.

가게를 나오자 도로변에 옥수수 파는 트럭이 세워져
있었다. 잠깐만. 추 팀장은 상인에게 2만 원어치를 샀다.
검은 비닐봉지 두 개를 받아 서현에게 하나를 건넸다.
봉지가 묵직했다.

남은 건 냉동실에 얼렸다 먹으면 돼요.

추 팀장이 말했다. 봉지에는 큼지막한 옥수수 여섯 개
가 들어 있었다.

서현 씨는 앞으로 어떻게 할 거예요?

비닐봉지를 가만히 바라보고 있자 그는 덧붙였다.

미안했어요. 어쨌든 잘 지내요.

추 팀장과 헤어진 뒤 서현은 버스 정류장에 앉아 버스
를 기다렸다. 조금씩 해가 지고 있었다. 분홍빛 하늘이
었다. 저건 빛의 산란 때문이야. 오래전 친구는 말했다.

빨간빛이 파란빛보다 파장이 길거든. 태양의 고도가 낮아질 때 파장이 긴 것만 대기층을 통과하는데 그때 하늘이 분홍빛이 되는 거래. 그런 걸 다 찾아봐? 서현이 물었다. 하늘이 너무 아름답잖아. 너무 아름답거나 너무 자연스러운 것들은 좀 수상해. 이유를 알면 수상함이 풀려? 흠, 꼭 그렇지는 않아.

너무 아름답거나 자연스러운 것에 수상함을 느끼던 친구는 시간이 흘러 주 6일을 성실히 일하는 사람이 되었고, 일을 접은 뒤로는 자신이 할 수 있는 것들을 찾아보려고 노력했다. 그런 것처럼 보였다. 또 어떤 것들이 있었나. 간혹 내비치던 어려운 마음들. 그래도 잘 살자, 어떻게든, 근데 난 잘 모르겠어, 그치, 있잖아, 아니야, 정말 괜찮아. 어느 늦은 밤 친구가 전화를 걸어 왔을 때, 서현은 수면 유도제를 먹고 잠들어 전화를 받지 못했다. 다음 날 아침 부재중 전화를 보고는 급한 일이면 또 연락하겠지 싶었다. 친구는 일주일 뒤 죽었고, 그사이에 무슨 일이 있었는지 서현은 끝내 알 수 없었다. 오랫동안 친구를 생각했다. 자신이 무언가를 할 수도 있었다고, 친구의 마음을 들여다봤어야 했다고, 그런 뒤늦은 후회도.

정신을 차리고 전광판을 확인했을 때 서현이 타야 할 버스는 16분 후라고 떴다. 버스 한 대를 놓친 것 같았다.

서현은 들고 있던 책을 펼쳤다. 읽지는 않고 페이지를 차르르 넘겼다. 책 사이사이 동그라미와 세모가 연필로 그려져 있었다.

승지　승현　우태　보리　정차

추 팀장이 헷갈려서 표시해두었나. 아니면 친구가 해 놓았던 걸까. 몇몇 문장에는 밑줄이 그어져 있었다. 서현은 그 흔적들을 천천히 눈여겨봤다.

주변이 어둑해지는 중이었다. 아직 오지 않은 버스를 확인하곤 서현은 자리에서 일어났다. 걸어서 가도 좋을 듯했다. 이제는 도보로 갈 수 있는 길을 알고 있으니까. 내리막길을 걷고 있을 때 비가 한 방울씩 떨어지기 시작했다. 서현은 옥수수가 든 봉지 안에 책을 넣고 빗방울이 들어가지 않게 꽉 묶었다. 내리막이 끝날 때쯤 편의점이 보였다. 비가 오네요. 서현은 투명한 비닐우산을 고른 뒤 말했다. 편의점 점장은 말없이 우산 포장을 뜯어 주었다.

공터 근처에 왔을 무렵 어디선가 텅 — 텅 — 소리가 들렸다. 서현은 소리 나는 쪽으로 걸었다. 여자 네 명이 공터 가운데서 족구를 하고 있었다. 가느다란 비에 옷이 젖어가는데도 그들은 개의치 않는 듯했다. 오른편에 있던 여자가 공을 차서 반대편으로 보냈다. 공은 꽤나 높이 허공을 날다가 무겁게 떨어졌다. 야! 받아! 왼편 여자가 가까이 있는 여자에게 외쳤다. 여자는 공을 받아 반대편으로 힘껏 넘겼다. 그들 사이에는 투명한 네트가 있었고 공은 반대쪽에 떨어졌다. 비에 젖은 흙 때문에 공이 몇 번 구르다 멈췄다. 오른편 여자가 다시 공을 높이 찼다. 공은 텅 — 텅 — 소리를 내며 양쪽을 오갔다. 그 장면을 바라보며, 서현은 공터 앞에 서 있었다. 공이 자신 쪽으로 절대 날아오지 않길, 그러나 동시에 날아오기를 기다렸다.

인터뷰

윤단
×
소유정

소유정 안녕하세요, 윤단 작가님. 지난해 「작은 알」로 제24회 문학과사회 신인문학상을 수상하시며 데뷔하셨지요. 〈소설 보다〉와 첫 만남일뿐더러 이렇게 지면을 통해 인터뷰를 나누는 일 역시 아직은 조금 생소하실 것 같아요. 데뷔 이후 어떤 시간을 보내셨는지 근황과 함께 인사 부탁드립니다.

윤단 안녕하세요. 이렇게 인사드릴 수 있어 기쁘고 반갑습니다. 데뷔하고 나서 여러모로 바쁘게 지냈는데요. 운이 좋게도 그동안 세 편의 소설을 발표했어요. 제 소설이 지면에 나오는 것도 아직은 생소하지만 그 과정에서 편집자 선생님들과 소통하는 일을 감사해하며 소중히 여기고 있습니다. 요즘에는 일상의 많은 에너지를 소설을 쓰고, 고치는 데에 쏟는 중이에요. 늘 마음처럼 되지는 않지만요. 올 초부터는 건강을 챙기기 위해 귀찮아했던 요리와 운동을 시작했어요. 요리와 운동 모두 집에서 소소하게 합니다. 그 소소함을 꾸준히 이어가려고 노력하고 있어요.

소유정 「남은 여름」의 서현은 회사 또는 업무에 아직 적응하지 못한 사회 초년생 인물로 보입니다. "잘못했다는" 건지 "잘 못했다는" 건지 자신조차 알 수 없는 상태이나 회사는 개인을 기다려주지 않기에 권고사직의 방식으로 정리 해고가 되고 말지요. 좀처럼 자아 효능감을 느끼기 어려운 이 시기를 지나온 이들이라면 모두 공감할 만하다는 생각이 들었는데요. 이러한 인물을 초점화자로 삼은 까닭은 무엇인가요? 소설을 쓰기 전 직장 생활을 하셨다는 인터뷰를 본 것 같은데 작가님의 개인적인 경험이 녹아 있는지도 궁금합니다.

윤단 저는 미숙하고 서툰 인물들에게 마음이 가요. 저역시 그런 사람이기도 하고요. 그런데 사실 어느 면에서라도 서툴지 않은 사람은 없잖아요. 누구나 업무와 일에 서투른 때가 있고 또는 관계에 서툴고, 사랑과 이별에 서툴고, 진심을 전할 때나 거짓말을 할 때, 마음을 숨기는 데에도 서툴고요. 그 외에도 너무 많죠. 그런데 때때로 어떤 미숙함이나 서투름은 잘못이 될 때가 있는 것 같아요. 그로 인해 무언가를 영영 돌이킬 수 없게 되기도 하고요.

서투름을 쿨하게 넘길 수 있는 사람도 있겠지만 전 그러지 못하는 편이에요. 여전히 많은 부분에 서투른데, 자주 어려워하고 매번 힘들어합니다. 무언가에 적응하는 일도 그렇고요. 이러한 정서가 제가 쓰는 인물들에게도 있는 듯해요.

서현의 직장 생활은 저와 비슷하면서도 다른 면이 많은데요. 제 직장 생활을 돌이켜보면 저는 회사 다닐 때 사람들과의 관계를 어려워했어요. 다들 친절하게 대해주시는데도 어떻게 대화하고 어울려야 하는지 잘 몰랐거든요. 그러다 보니 실수도 많이 하고요. 열아홉 살부터 회사에 다녔으니 그럴 만도 하지만, 몇 년간의 직장 생활 동안 업무에 대한 피드백보다는(업무 실수도 많이 했습니다) 관계의 어려움을 더욱 크게 느꼈어요. (그런데 제가 대체로 많이 웃는 편이라 전 직장 사람들이 이 사실을 알면 의아할 수도 있을 것 같아요. 하하.) 그 당시의 저는 자아 효능감을 중요하게 여기지 않기도 했고요. 반면 서현은 자아 효능감이 중요한 인물이죠. 하지만 여러모로 자아 효능감을 느끼기 힘든 괴로운 환경에 있어요. 무언가를 '잘' 못한다거나 서툰 것 자체가 잘못일 수 없지만 서현에게 있어서는 잘못이 되어버리고요. 혹은 그런 기분을 느껴요. 사람들과 관계 맺는 데에도 서툴러서, 회사 안에 자신의 힘든 점을 털어놓을 만한 가까운 사람이 없기도 하고요. 이러한 부분이 공감도 되고 마음 아프기도 합니다.

소유정 서현과 함께 등장하는 인물은 전 직장 상사인 추 팀장이에요. 저는 소설을 읽고 추 팀장이라는 사람이 더 궁금해졌어요. 구조 조정 당시 서현이 정리되는 데에 일조를 했을지도 모를 인물이고, 자꾸만 소파를 찾아오는 서현에게 위협적이지 않은 경고를 날리면서도 나중에는 본인의 사적인 이야기를 늘어놓기도 하는 모습에서 '뭐 이런 사람이 다 있지?' 하는 생각을 했던 것 같아요. 볼수록 아리송한 추 팀장이라는 사람은 어떤 인물인지 작가님의 부연 설명을 듣고 싶습니다.

윤단 직장 안에서의 추 팀장은 "다른 일을 하다가 늦은 나이에 입사"해서 자신의 자리를 지키고자 혹은 능력을 증명하고자 본인의 방식으로 안간힘을 쓰고 있다고 생각했어요. 사람들과의 관계보다 그게 더 중요한 것이죠. 동시에 누군가와 관계 맺는 일을 잘하지 못하기도 합니다. 이러한 삶의 방식이 꽤 오랫동안 이어져왔고요. 그러다 보니 어느 순간 별수 없이 갑갑해지고, 시들시들해지고, 외로웠을 거예요. 그런 추 팀장이 나중에 서현에게 사적인 얘기를 하는 것이 저한테는 꽤 자연스러운 일이었습니다. 어느 시점부터는 이렇게 잠깐 나와서 대화하는 순간이 그에게 필요해 보였거든요. 회사 바깥에 있는 서현에게는 무슨 이야기를 하더라도 괜찮겠다는 생각도 은연중에 있었을 거고요. 의도해서 쓰진 않았지만 이번에 다시 보니 추 팀장이 내뱉은 말들은 다소 일방적이더라고요

(제가 냉방병에 자주 걸려요,라고 말하면 서현은 아, 그렇군요, 하고 끝날 만한……). 그렇지만 그 것이 추 팀장의 대화방식이고, 이 인물은 그렇 게 말할 수밖에 없다는 생각이 들어요.

　한 가지 더 부연하자면 추 팀장은 불편함을 느끼고, 그 불편함을 '싫다'고 표현하는 사람이 에요. 그런데 어떤 불편함에 대한 감각은 마음 에서 파생되는 기분이라고 생각해요. 슬픔이나 분노, 사랑, 질투, 부끄러움, 죄책감과 같은 마 음에는 모종의 불편함이 앞서 있는 경우가 많 은 것 같거든요. 정확히 어떤 마음인지 잘 모를 때도 많고요. 그 불편함 아래에 어떤 마음들이 있는지 들여다보거나 살피는 건 쉽지 않은 일 이에요. 저는 추 팀장이 처음부터 서현에게 미 안한 마음을 갖고 있다고 생각했는데, 아마 스 스로는 명확하게 인지하지 못했을 거예요. 단 지 '불편하다'라는 기분을 크게 느끼지 않았을 까요. 서현이 마치 느닷없이 굴러온 공처럼 갑 자기 눈앞에 나타났을 때, 그걸 모른 척하는 데 에 따라오는(서현이 거기에 '있다'는 것에 대한) 불편함을 참기 힘든 인물이라고 생각했어요. 너무 불편하니까 "굳이 가서 말 섞을 필요는 없"다고 생각하면서도 그렇게 행동하고, 그냥 서현이 "여기"에 있지 않았으면 좋겠고. 추 팀 장이 회사에서 겪는 불편함은 다른 마음이고, 형과 형수 사이에서 느낀 불편함은 또 다른 마음일 거예요. 제가 생각하는 추 팀장은 그 모든 것을 불편함으로 감각하면서 '불편해, 너무 불편해' 하고 혼자 중얼거리는 사람 같습니다.

소유정 누가 버리고 갔는지 모를 파란 소파는 소설의 중심에 놓여 큰 역할을 합니다. 서현의 경우 옥상에 올라가고 싶을 때, 그러니까 죽고 싶을 때마다 이 소파를 찾는 것 같아요. 사라지지 않았을까 조마조마해하면서 그것이 그 자리에 있음을 확인할 때, 안도하는 것이 묘하게 느껴져요. 골목에 놓인 소파는 이질적이지만 원래 있어야 할 자리가 아니라는 걸 알면서도 아직 거기에 있다는 사실만으로 연장되는 것들이 있으니까요. 그리고 그 소파에 앉아 있는 서현은 비로소 살아 있는 것처럼 보이기도 합니다. 남들의 시선이 꽂힐 수밖에 없지만 사실 그런 시선이라도 필요했던 게 아닐까 싶고요. 서현이 자꾸만 소파를 찾게 되는 이유가 생의 의지와 연관이 있을까요?

윤단 네, 맞아요. 우선 저는 소파를 만난 첫날의 감각이 서현에게 중요하다고 느꼈어요. 무거운 책들을 잠시 내려놓고 소파에 앉았을 때의 감각 같은 것이요. 더구나 책을 읽는다는 건 꽤 집중력이 필요한 일이잖아요. 생각이 많거나 너무 커다란 감정에 사로잡혀 있으면 문장이 읽히지 않으니까요. 서현이 파란 소파에 앉아 아주 오랜만에 책을 읽고, 그렇게 끝까지 다 읽어내기까지, 그 시간 동안 서현의 안에서는 무언가 건드려지거나 바뀌었다고 저 역시 감각적으로 느끼면서 썼어요. 서현이 초반에 어느 정도는 그 감각이나 기분을 다시 원했을 거라고 생각해요. 그것을 언어로 설명하기는 어려웠을 테지만 아무튼 거기에 소파가 있다는 것, 그것을 확인하면서 하루하루를 이어가고 있기도 하죠. 무엇보다 소파에 앉아 있을 때는 방 안에 홀로 누워 있을 때와는 다르게 '삶의 감각'을 느낍니다. 말씀해주신 남들의 시선도 그중 하나고요. 여러 면에서 생의 의지와 연결된다고 생각해요.

소유정　「남은 여름」에서 발견할 수 있는 여러 감정 중에서도 가장 중요한 건 '부채감'이 아닐까 싶어요. 서현의 입장에서는 친구의 슬픔을 충분히 들여다보지 못했다는 부채감과 회사에서 1인분의 몫을 하지 못했다는 것에 대한 부채감이, 추 팀장에게는 정리 해고된 직원이 자꾸만 회사 근처를 찾아오는 것에 대한 부채감 등이 있을 텐데요. 그래서 "남은 여름"이라는 제목이 더욱 무겁게 느껴지는 것 같기도 합니다. 소설 전반을 이끄는 부채감이라는 감정에 대해 덧붙여주실 말씀이 있으실까요?

윤단　'부채감'과 '남은 여름'이라는 제목을 연결해 바라봐주신 점이 흥미롭고 좋아요. 그러고 보니 묵직한 무게감이 느껴지기도 합니다. 저는 생각해보지 못한 부분이에요. 소설을 쓸 때 부채감보다 '죄책감'을 좀더 크게 느끼면서 썼거든요. 어떤 대상에게 빚을 진 마음보다는 잘못을 저질렀거나 저지른 듯한, 그에 대해 스스로 느끼는 죄책감을요. 물론 이 소설에서 부채감과 죄책감은 맞붙어 있지만요. 특히 서현이 친구에게 느끼는 감정이 그렇지요. 가까운 이의 상실은 슬픔을 감당하는 것만으로도 너무 힘든데, 부채감과 죄책감이 같이 따라오게 되는 것 같습니다. 그게 또 많이 슬프고요.

말씀을 듣고 곰곰이 생각해봤는데요. 왜 '부채감'이 소설 전반을 이끈다고 봐주셨는지 알 것 같아요. 소설을 쓰는 과정에서 자꾸만 남는 것들 혹은 남게 된 것들에 대해 생각했고, 그것들이 괴롭고 때로는 곤란하지만 한편으로는 그 남은 것들로 삶이 지속될 수 있다고 여겼어요. 이것이 부채감이 아닐까 싶어요. 남은 것들에 대한 부채감. 쓸 때는 명료하게 의식하지 않았는데 소설에서 부채감이 사물의 형태로도 보여지는 것 같고요. 소설 속 인물의 감정과 상황을 다시금 떠올려보니 부채감이 저의 의도보다 훨씬 크게 자리 잡고 있음을 느끼게 됩니다.

소유정 서현은 문장 사이 빈칸 채우기를 즐겨 하는데요. 가령 '서현은 보았다'라는 문장이 있으면 주어와 서술어 사이에 어떤 일이 있었는지를 채우는 행위예요. 초등학생 때 빈칸 채우기로 "처음이자 마지막으로 1등을" 하기도 했지만 "혼자만 내밀한 이야기를 한 것 같아" 수치스러웠던 기억이 남아 있기도 하지요. 이러한 서현의 빈칸 채우기는 작가님이 소설을 쓰는 방법과 아주 닮아 있다는 생각이 들어요. 가령 작가님의 데뷔작 「작은 알」이 "권자윤은 살아 있었다"는 문장 안의 빈칸을 채우는 방식으로 쓰였다면, 「남은 여름」은 소설의 첫 주어 "서현은"으로 시작해 마지막 서술어 "기다렸다"로 끝나는 한 문장("서현은 기다렸다")의 빈칸을 채우는 이야기가 아니었나 싶어요. 이러한 해석이 유효하다면 굉장히 독특하고 재미있는 방법론이지 않나 싶은데요. 서현의 빈칸 채우기와 연결되는 윤단의 빈칸 채우기에 대한 이야기를 들어보고 싶어요.

윤단   음…… 어려운 질문이라 잘 대답할 수 있을지 모르겠습니다. 그럼에도 빈칸 채우기에 대해 말해보자면 서현의 빈칸 채우기는 제가 좋아하는 부분이에요. 소설 쓰기와 연결되는 지점이 많다고도 생각하고요. 기본적으로는 빈칸-공백에 글자를 적어 내려가는 것, 인물의 서사와 내면을 드러낸다는 점이 그렇습니다. 어떤 것을 쓸지 쓰지 않을지 '선택'의 연속이라는 것도요. 단어와 단어 사이에는 또다시 쓰이지 않은 빈칸이 존재하는데, 그 빈칸을 상상하거나 가늠하고 혹은 이리저리 바꿔보는 것을 저는 재밌어합니다. 서현의 빈칸 채우기로 예를 들면, "나는 동생이랑 사이가 나빠서"라는 문장이 있을 때 '나는'과 '동생이랑' 사이에 무엇을 채우느냐에 따라 글의 인상과 이들이 가진 서사가 달라지잖아요. 서현의 가족 사연 역시 쓰이지 않은 빈칸 속에 감춰져 있고요. 그 빈칸들과 무수한 가능성이 빈칸 채우기의 매력이라고 생각해요.

서현의 빈칸 채우기 방식으로 소설을 썼는가 하면, 그렇지는 않았어요. 하지만 말씀하신 두 작품이 그렇게 보일 수 있다고 혹은 연결되어 있다고는 생각합니다. 시점 인물에게 최대한 집중해서 쓰고 싶었고, 그렇게 쓴 소설이거든요. 상황적인 줄거리보다 인물의 내밀한 서사와 내면에 좀더 초점을 맞추었고요(상황과 내면을 완전히 분리할 수는 없지만요). 지금의 저는 이러한 방식의 쓰기를 좋아해요. 모두에게는 각자의 내밀한 서사가 있고 그것을 어떻게 쓸 수 있는지, 그리고 어떤 것들로 채워질지에 대해서는 늘 흥미와 관심을 갖고 있습니다.

소유정 버려진 소파에 앉아 추 팀장과 대화를 나누며
남은 여름을 보내는 동안 서현은 가끔 죽은 친
구를 떠올리곤 합니다. 친구의 마음을 충분히
알아주지 못했다는 생각에 "뒤늦은 후회"를 하
기도 하지요. 하지만 단순히 후회에 그치는 것
이 아니라 "공이 자신 쪽으로 절대 날아오지 않
길, 그러나 동시에 날아오기를 기다"리는 마지
막 장면에서 다시 무언가를 선택해야 하는 순
간이 왔을 때 그것을 피하지 않고 잡으리라는
결연한 의지가 느껴지기도 했어요. 돌이킬 수
없는 슬픔을 품고도 나아갈 수 있는 작은 변화
가 생겼구나 싶었는데요. 미처 씌어지지 않은
페이지에서 서현은 어떤 모습일까요? 혹은 어
떤 모습이었으면 하시나요?

윤단 말씀해주신 것처럼 서현이 슬픔을 품고도 나아
가길 바라고 있어요. 만약 공이 날아온다면 그
것을 잡을 거라고 생각하고요. 다시 일을 구해
서 직장에 다니기도 하고 여러 사람과 연결되
며 살아가는 모습이었으면 좋겠습니다. 하지만

서현에게 작은 변화와 용기가 생겼음에도 언젠가 또 무너지거나 자신의 몸과 마음을 방치해버릴지 모른다는 생각도 해요. 저의 생각이나 바람과는 다르게 살아갈 수 있다는 가능성을 염두에 두고 있죠. 그래도 지금 가진 변화가 앞으로 서현의 삶에 중요하게 자리 잡을 것 같습니다. 그랬으면 좋겠고요. 또한 저는 소설이 끝나고 인물의 '다음'을 생각했을 때 그 인물의 두드러지는 특성이 오래오래 남아 있을 거라는 믿음이 있어요. 서현의 경우엔 호기심이 있는 편이니, 그런 점은 다행이라고 여겨져요. 앞으로는 더 다양한 것들을 궁금해하고 더 멀리 나아가면서 자신의 빈칸을 채워갔으면 해요.

소유정   같은 질문을 작가님에게도 던져볼까요? 아직 씌어지지 않은 다음 페이지에서 작가님은 어떤 모습이기를 바라시나요?

윤단   다음 페이지라고 한다면 몇 시간 뒤의 제 모습도 가능하고, 한 달 뒤 혹은 몇 년 뒤의 제 모습도 가능할 것 같은데요. 사실 저는 제가 어떤 모습이었으면 하고 꽤 많이, 자주 바라고 있습니다.

용감해지면 좋겠고, 무언가를 할 때 서툴지 않고 싶고, 세상을 바라보는 시선이 확장되었으면 좋겠고, 사랑하는 사람들을 좀더 다정하게 챙기고 싶고, 얼굴을 보자고 해놓고 이런저런 일 때문에 지키지 못한 약속들을 늘 생각하고 있는데 그 모든 약속을 지키는 사람이 되고 싶고…… 욕심이 많지요. 하지만 '다음 페이지'에서 갑자기 사람이 획 바뀔 수는 없으니까 아마 저는 여태껏 그래왔던 것처럼 어느 부분에서는 계속 서툴고 겁을 내겠죠. 그래도 바라는 모습으로 조금씩 가까이 가는 사람이 되고 싶습니다. 지금 당장 다음 페이지의 저를 떠올려본다면…… 쓰고 있는 소설이 마음에 드는 모습이길 바랍니다.

소유정　「남은 여름」을 소개하며 남은 2025년은 어떻게 보낼 예정이신지 앞으로의 활동 계획을 여쭙는 것으로 인터뷰를 마무리하겠습니다.

윤단　인터뷰 답변을 하면서 제가 생각했던 것보다 더 많은 이야기를 하게 된 것 같아요. 섬세하게 준비해주셔서 감사합니다. 뜻깊은 시간이었어요.

마지막으로 어떻게 작품을 소개할 수 있을까 생각해봤는데요. 「남은 여름」은 한 인물이 소파를 만난 후 자기만의 방식으로 남아 있는 계절을 보내게 되는 이야기입니다. 그런데 무엇이든 자유롭게 읽어주시면 좋겠어요. 소설 속의 작은 무언가라도 독자분들께 가닿았으면 하는 마음입니다.

다음 소설은 여름에 발표될 예정이에요. 2025년의 남은 계절 동안은 부지런히 지내고 싶습니다. 마음만큼 부지런하게 지내지 못하더라도 덜 좌절하고 싶고요. 모쪼록 해야 할 일들에 몰두해보겠습니다.

수록 작품 발표 지면

바우어의 정원 『악스트Axt』 2024년 11/12월호 / 『뱀과 양배추가 있는 풍경』(문학동네, 2025년 출간 예정)

스무드 『현대문학』 2024년 10월호 / 『혼모노』(창비, 2025)

남은 여름 『현대문학』 2024년 12월호